ICH BIN DA MAL RAUS

著 ——— [德] 安德烈娅·格尔克

不要再沉迷优化人生

译 ——— 燕环

中信出版集团 | 北京

图书在版编目（CIP）数据

不要再沉迷优化人生 /（德）安德烈娅·格尔克著；燕环译. -- 北京：中信出版社, 2025.1. -- ISBN 978-7-5217-7061-2

I. I516.65

中国国家版本馆CIP数据核字第2024VU2029号

ICH BIN DA MAL RAUS
By Andrea Gerk · & Moni Port
Copyright © 2021 by Kein & Aber AG Zurich – Berlin. All rights reserved.
Simplified Chinese translation copyright © 2024 by CITIC Press Corporation
ALL RIGHTS RESERVED
本书仅限中国大陆地区发行销售

不要再沉迷优化人生

著　　者：［德］安德烈娅·格尔克
译　　者：燕环
出版发行：中信出版集团股份有限公司
　　　　　（北京市朝阳区东三环北路27号嘉铭中心　邮编　100020）
承　印　者：北京盛通印刷股份有限公司

开　　本：787mm×1092mm　1/32　　印　张：6　　字　数：101千字
版　　次：2025年1月第1版　　　　　印　次：2025年1月第1次印刷
京权图字：01-2024-5435　　　　　　书　号：978-7-5217-7061-2
定　价：59.00元

版权所有·侵权必究
如有印刷、装订问题，本公司负责调换。
服务热线：400-600-8099
投稿邮箱：author@citicpub.com

前 言

> 一个人一生中最幸福的时光就是早晨躺在床上慢慢清醒的时候。
>
> ——塞缪尔·约翰逊（1709—1784）

一个阳光明媚的夏日清晨，当孩子们走出家门以后，家里终于有了些许宁静。此时，天气预报中的酷暑尚未到来。对你来说，现在正是时候，把毛巾、泳衣和一本好书塞进包里，前往湖边，在享受清凉湖水的同时，还能感受到太阳的暖意。就这样，你心不在焉地凝视着湖对岸茂密的灌木丛，那些深浅不一的绿色在你的眼前浮动，然后你慢慢地打起盹来。

在远处的某个地方，卢·里德演唱的《完美的一天》的旋律正在轻轻响起。但就在副歌到来之前，你的耳边传来一个冰冷的、低低的声音："那你明天要交的稿子怎么办？一周之前就堆在扶手椅上等着熨烫的衣服又该怎么办？此外，你还计划去跑个步、整理收据，并打扫一下家里的房间呢！"

"为什么非得是今天呢？"你心里的奥勃洛莫夫[1]发出这样的感叹。这个可爱的懒汉终其一生都慵懒地躺在床上，他以一种讨人喜欢的方式告诉人们：效率和业绩并不是我们生活的全部。或者也许并非如此？

既然"成为更好的人"不再是衡量道德水平或品行的标准，而是可以量化到小数点后一位的成就，那么负罪感也就不再是规范自我品行的法门，而是一种鞭策式

---

[1] 奥勃洛莫夫是俄国小说家冈察洛夫的长篇小说《奥勃洛莫夫》的主人公，他善良、正直，对令人窒息的现实不满，追求宁静的生活。但他不想通过自己的行动改变现实，也不愿从事任何具体事务。——译者注，下同

的"耳鸣",它不断以最恼人的音调提醒我们:得更加努力、更加勤奋地工作。

要变得更有效率,尤其要变得更漂亮,吃得更健康,睡得更少,持之以恒地锻炼,更集中精神冥想,把生活过得更好——有这么多事情要做,你永远也没办法全部完成。一旦你完成了其中一样,肯定会有人告诉你,别人做得有多好。

自古以来,人们一直想要变得更加聪明、更加漂亮、速度更快。"埃及艳后"克娄巴特拉七世坚持用驴奶沐浴[1];埃塞俄比亚长跑运动员阿贝贝·比基拉因为鞋子破了,便赤脚跑步,最终在 1960 年的罗马奥运会上获得冠军,打破了马拉松的世界纪录;矿工阿道夫·亨内克在 1948 年成功将德国卡尔·李卜克内西煤矿的劳动生产率提高到了原定标准的 387%,他没有通过使用兴奋剂,而是仅凭社会主义信念就完成了这一壮举。

但是,是从什么时候开始,人们变得如此热

---
[1] 据说,驴奶里含有的阿尔法羟基酸是皮肤去角质霜的重要成分之一,用驴奶沐浴后,皮肤的光滑程度大大增加。

衷于谈论这些了呢？如果克娄巴特拉七世在照片墙（Instagram，简称 ins）上发布了她的美容护肤步骤，并推广她的美容秘方，可能全国有一大半人都会效仿他们的女王。使用驴奶泡澡当然是一个秘密，而且是一种奢侈行为，美容护肤更是一件个人私事。但如今，无论你走到哪里，人们都会交流肉毒毒素注射、每日步数统计、性生活频率或睡眠时长，或者大肆宣扬清理了自家的储藏室杂物、按颜色分类整理衣服以后带来的清爽与秩序感。

又是从什么时候开始，你同情你的同学？因为他的洁癖妈妈总是要把毛巾洗得干干净净、叠得整整齐齐，即使是小心翼翼清洗过的地方，她也还是会发现污渍。整理你的房间、多出去呼吸新鲜空气、不要磨蹭、多吃苹果……这些难道不是你不惜一切代价想要逃避的教诲吗？而现在，你却像念"咒语"一样，不停地重复着它们，时刻反省自己有没有做到。

或者说，除了"做一个整洁、健康、勤奋的人"这一点，你是否还有更多想要完善自己的冲动？你真的想成为这样的人吗？还有更深层次的原因吗？没有什么比这更重要了吗？

单说整理房间这一项吧！自从日本专业整理师近藤麻理惠成功地向世人传授了正确收纳物品的方法以后，人们在每一次聚会或家庭庆祝活动上，就避免不了谈论这些话题，比如如何清理不需要的东西，如何妥善存放自己的财产，如何正确地叠袜子，以及拥有多少物品才足以让人感到幸福，等等。

美国著名专业整理师乔安娜·谢普林和克莉亚·希勒主持了一个网飞（Netflix）真人秀节目，名为《房屋整理专家》。正如她们在节目中所宣传的那样，整理和美化空间可以帮助人们更有条理地管理自己的生活与家庭，提升生活质量。人们对这一节目的关注甚至超过了对更大的社会议题和环境议题的关注，他们不再争论欧盟危机或气候变化，而是认真地向朋友解释，把东西存放在透明的收纳盒里以后，自己的生活质量有了多少提高。

在这个节目中，成年女性独自面对扔得到处都是的鞋子与衣服时，表现得就像孩子一样尖叫，一位资深儿科医生因为有人帮她整理衣帽间而感动得泪流满面。如果你也希望让乔安娜和克莉亚走进你的卧室和车库，帮你扔掉大部分用不到的东西，然后用透明的收纳盒对剩下的东西进行分类，你必须向她们支付每小时250美元的费用。预订为期两天的近藤麻理惠方法强化咨询课，需要你支付的费用约为2600欧元，以及500欧元的中介费，如果你与咨询师不住在同一个城市，你还需要支付可能产生的差旅费。由于整理和清洁已经成为一种高档的私人专属事务，在这方面的开销不再被认为是传统且保守的。如今，整理似乎更像是那些购买过度、拥有过多或继承过多的人的财富问题。低调和极简主义已经成为奢华的标签。

但是，衣柜和身体的新秩序不仅仅是一个区分的标志。杂乱无章与失败和失控被画上了等号，就像无节制进食或懒惰一样。为了确保我们不会忘记这一点，手机上的应用程序和健身追踪器会提醒我们，不要吃晚餐、多走几步路，以及保持积极的心态。这背后的（情感）概念假设是一切都可以改进、提升，我们与世界的关系始终是清晰的。

根据近藤麻理惠女士的观点，"这样做能让你快乐吗？"这句整理咒语适用于任何东西，无论是袜子、大衣、相册还是蛋杯。你当时不喜欢的东西就必须立刻丢掉，情感上的灰色地带只会破坏严格的情感经济（情感在消费选择和投资决策等经济行为中的影响）。事实上，在这样一个严格的系统中，我们与周围事物的关系往往是矛盾的、不确定的，甚至是可疑的，这些事物都有自己的历史，或是与我们生活中很久以前的时光联系在一起，而这一点却没有被考虑到。从这些事物到人的距离又有多远呢？在这种世界观里，坐在轮椅上的女同事就没有一席之地了。你的丈夫已经几个星期没有让你有好感了？离开他！生病的奶奶碍手碍脚？那就把她赶走！

事实上，没有什么比那些身材健壮、仪表堂堂、红光满面的成功人士更无聊的了，他们运用各种自我优化的策略把自己的生活打理得井井有条。不过，那些固执又任性的怪人则更讨人喜欢，比如我的父亲，他宁愿在盛大的家庭聚会上什么都不吃，也不愿意在"错误的时间"吃东西，也就是说，不在他的非用餐时间吃东西。但他能用他那永不言败的乐观精神帮助我们度过每一次生活危机。还有我最喜欢的舅舅，他温文尔雅、平易近人，半辈子都和他的母亲生活在一起，唯一的嗜好就是收藏泳裤，是我认识的人中最轻松、最可爱的人之一。

为什么我们希望自己的生活像机器一样平稳流畅地运转，却又钦佩那些古灵精怪的艺术家、冒险家、发明家和流行歌星？如果这些流行歌星能做到定期整理自己的储藏室、每晚11点准时上床睡觉，我们是不是就不会为他们的名曲彻夜狂欢了？

如今，不管是整理房屋、摄入营养、维护人际关系还是教育孩子，似乎没有什么事情是不需要别人的建议就能成功的。德国女作家塔尼娅·杜克斯在一篇题为《抽屉是羞耻区》的文章中写道："教练（培训）早已取代了常识，或者说取代的是曾经和我们生活在一起的母亲或祖母。"

确实就是这样。只要我的目光扫过公寓里的"垃圾窝"，我就会感到难受，内疚之情也随之而来。同样，老年斑、肥胖纹、松弛、坏情绪以及其他自然状态，都被认为应该消除、淡化、改变和用微笑化解。因为一切看似可以实现的事情，都必须去实现。那些做不到这一点的人，或者不愿意与其他人不断竞争的人，很快就会被贴上"失败者"的标签。

事实上，那些长得漂亮、身材好的人过得更好、赚得更多。研究表明，我们会自动认为长得好看的人更聪明、更有抱负、更加认真，同时更有创造力。难怪多年以来整容手术的数量一直在增加，尽管每个人都应该意识到，皱纹少并不一定意味着幸福感更强。

这本书想要提醒你，除了不断用挑剔的眼光审视自己，设计改进策略，气喘吁吁地付诸实践，却又永远不会对自己满意之外，你还能利用有限的生命做很多其他事情。

伊丽莎白·吉尔伯特在她的小说《女孩之城》中写道："这个世界并不总是按计划行事。"小说的女主人公古怪又执拗，让人一见钟情，尽管她结交了各种各样的朋友，参加了很多聚会，喝了很多酒，抽了很多烟，而且也没有在聚会后立即清理厨房，就像现实生活中发生的一样。当一切即将结束，我们回首往事时，希望我们的脑海不会浮现一列列数字、卡路里表和整洁的抽屉，而是一连串不可复制的瞬间，还有"当其他日子都被遗忘时，记忆中那闪耀着玫瑰色的日子"，正如阿斯特丽德·林格伦所说的那样。

世界不会按部就班，我们也不必非要如此。

目 录

一觉睡到中午 —————— 1

不准时 —————— 5

喜欢吃什么就吃什么 —————— 8

不打扫卫生 —————— 13

写明信片 —————— 17

寻找石头 —————— 21

收集痘痘和皱纹 —————————— 24

被雨淋湿 ————————————— 28

毛骨悚然 ————————————— 32

房间里的小旅行 ———————————— 36

阅读旧报纸 ———————————— 40

吃冷餐 —————————————— 43

任思绪四处游荡 ———————————— 46

迂回而非走捷径 ———————————— 50

拖延时间 ————————————— 54

观察别人而不是自己 ——————————— 58

恶作剧 —————————— 61

收集纪念品 ———————— 66

坐在公园长椅上 ——————— 68

忘记 ———————————— 71

不喝水 ——————————— 73

躺着生活 —————————— 76

没有智能手机的一天 ————— 82

爱上奢侈 —————————— 84

分房睡 ——————————— 89

准备星期日烤肉 ——————— 93

不打开邮箱 ——————— 97

向窗外看 ——————— 99

讨论一只波特酒碗 ——————— 102

走出自我而非专注于自己 ——————— 106

坐在马桶上 ——————— 110

组织蜗牛赛跑 ——————— 115

庆祝自己的错误 ——————— 120

爱上不适合自己的人 ——————— 123

夜间游荡 ——————— 127

夸大其词 ——————— 131

拥抱坏情绪 ——————————— 135

打个盹 ——————————————— 140

四处游荡，而不在意步数 ————— 143

适当地狂欢一次 ————————— 147

因为情绪低落而请一天假 ————— 150

随便聊一聊，而不是一上来就直奔主题 154

养成习惯，制造仪式感 —————— 158

找个好借口 ——————————— 162

无所事事之美 —————————— 166

BIS MITTAGS IM BETT LIEGEN

一觉睡到中午

俗话说，早起的鸟儿有虫吃。根据苹果公司首席执行官蒂姆·库克等高层管理者的说法，如果我们像他们一样在早上 5 点从床上跳起来开始工作，就会提高自己的工作效率——不管是晨练、冥想还是写诗，或者回复效率更高的"夜猫子"发来的电子邮件。别忘了先吃一顿高纤维的健康早餐，或者来一杯油腻的防弹咖啡[1]，以进一步提升自己的精力和工作效率。

如此勤奋地开始新一天的工作，这无疑是受人尊敬的。在许多行业，或者有学龄儿童的家庭，早起是不可避免的，在这种情况下，如果早一点从床上爬起来，而不是到了最后一刻才匆匆忙忙抓紧时间，那么你实际上可以腾出很多时间。

然而，在没有任何令人紧张的起床闹钟的情况下，当你慢慢醒来，进入一种温和、愉悦的状态，什么都不用做，静静地听着鸟儿的鸣叫，或者闻着远处厨房里的微弱咖啡香味，这样的日子是多么美妙啊。

---

[1] 这种咖啡添加草饲黄油或有机椰子油，奶泡绵密，号称可以让人产生饱腹感，并且可能有助于减重。

半睡半醒是一种流动的中间状态，是一个过渡地带，是一个属于自己的独特世界。法国作家普鲁斯特的小说巨作《追忆似水年华》就是这样开始的："我情意绵绵地把腮帮贴在枕头的鼓溜溜的面颊上，它像我们童年的脸庞，那么饱满、娇嫩、清新。"普鲁斯特在夜间从梦中醒来，朦胧中回忆起童年往事，于是在书中记述了自己在老家贡布雷的前半生。

早晨醒来，能够愉快地伸展身体、懒洋洋地躺在床上，然后穿着睡衣慢悠悠地走进厨房，端着一杯茶或咖啡，悠闲地回到温暖的被窝，任凭油腻的牛角面包屑掉在床单上，蜷缩着读一本好书，或者与一个合拍的伴侣静静待在一起，直到厌倦为止，这样多么幸福啊。

UNPÜNKTLICH SEIN

不准时

年少时，我的朋友伊娃就经常迟到。当我们四个朋友约定，要一起开始我们的第一次没有父母陪伴的度假时，尽管伊娃保证，一切都会顺利进行，但谁都没料到路上发生的事。

我们其他三个人控制不住心中的激动之情，在凌晨四点钟就从床上跳起来，准备好在约定的时间见面，开一辆有嬉皮士风格图案的康比（Kombi）旅行车前往巴黎，这辆旅行车是其中一个男孩从他哥哥那里借来的。按计划，我们中午就可以开到巴黎。车顶上装了一朵小花，这朵花将蓝色的头伸向夜空，当我们到达伊娃家的停车场时，天还是漆黑一片。过了半个小时，我们终于接上伊娃，踏上前往巴黎的西行之路了。至少很清楚的是，我们四个中必须有人在最初几天做些尴尬的事情，比如走进豪华的凡尔赛宫花园，询问我们是否可以在那里露营。

朋友之间令人讨厌但能成为趣闻逸事的行为，在工作中可能会造成严重后果。不守时被视为"违反工作纪律"，如果再犯，可能会被解雇。雇主很可能会犯错误，因为长期迟到的人被认为是情感驱动型的，他们会不断想出新点子，而不是机械地在办公桌前工作。他们也可能有一种叛逆精神，拒绝守时，或者他们可能是那种乐观主义者，坚信自己能在一定时间内比别人做得更多。这些都是很讨人喜欢的品质，与迟到者邋遢的传统形象完全无关。

顺便提一下，好莱坞天后伊丽莎白·泰勒甚至充满激情和坚定地迟到，以至于她在2011年去世前在遗嘱中规定，她的灵柩应比规定的时间晚15分钟送往教堂。这是她对这一常被低估的特质的坚定承诺，也是一次真正的壮举，它表明，即使是死亡也可以有幽默的一面，即使当事人无法亲眼见到。

ESSEN, WAS EINEM SCHMECKT

喜欢吃什么就吃什么

自古以来，人们——尤其是女性——一直在努力把自己的体形塑造成某种理想形态。从历史上看，这种理想体形符合当时昙花一现的审美需求。德国比勒费尔德人认为美丽的东西，在太平洋岛国汤加可能根本不受青睐。

读大学期间，我的土耳其裔室友拉马赞经常煮很多食物给我吃，因为他认为我太瘦了，甚至瘦到永远找不到男朋友。而就在不到100年前，即使是在西方世界的时尚大都市里，有啤酒肚的男人也是最有机会结婚的，因为可以轻而易举地看出他是一个很能养家糊口的人。

时至今日，玛丽莲·梦露、吉娜·劳洛勃丽吉达或索菲亚·罗兰式的丰满曲线已经过时了，不符合"美即好"[1]的筛选标准。根据这一被广泛引用的社会心理学效应，我们认为外表有魅力的人往往是更优秀的人，这就是他们拥有更多的崇拜者、从事更有趣的工作，甚至在法庭上也能够获得更轻的判决的原因。

---

[1] "美即好"是一种心理学效应，意思是人们倾向于认为外表美丽的事物或人其他方面也很不错。

而今天，人们认为苗条健美的人才是美丽的，这就导致连 11 岁的孩子都会测量自己的大腿围，因为身材极其健美但显然道德败坏的"网红"会告诉他们怎么做才符合美的标准。希望有人能告诉这些青少年，享受一盘加了调料的意大利面，肯定比饥肠辘辘地拨弄没有调料的沙拉更令人愉快。除此之外，身上那几块柔软可爱的小肥肉，看起来就像有天然的玻尿酸，比摇摇晃晃、骨瘦如柴的感觉要好得多。

舆观调查网（YouGov）社会舆论研究所在 2019 年进行的一项调查结果显示，人们对完美身材的渴望是多么普遍。三分之一的受访者表示自己有变美的压力，三分之二的受访者希望改变自己的外貌，甚至愿意为此接受手术。

人们总是会做出最疯狂的事情，来让自己变得更美丽，并符合时代潮流所设定的理想标准。据说歌剧天后玛丽亚·卡拉斯曾在喝香槟时吃下一条绦虫，结果一下子就瘦了 50 千克。艺术家埃尔桑·蒙塔克以她为灵感，将法兰克福现代艺术博物馆的场地设计成这位天后的胃的样子，并用艺术品加以装饰，一条长约 30 米的塑料绦虫蜿蜒穿行其中。这个展览有一个意味深长的标题——"我是个问题"。

几乎所有关于营养策略的有意义或无意义的见解都会过时,而且过时得非常快。伍迪·艾伦在他自导自演的科幻片《傻瓜大闹科学城》中已经告诉了我们这一点。在这部影片中,主角迈尔斯·门罗在 20 世纪 70 年代的纽约经营着一家叫"幸福的胡萝卜"的素食餐厅。后来他遭遇意外被冷冻。过了 200 年,他苏醒后发现,不仅科学技术和政治都发生了变化,而且大多数在他那个时代被认为有害的东西——比如猪肚、奶油和可可豆中的饱和脂肪酸,以及香烟和酒精——在 2173 年都被赞誉为最健康的东西。

每当有新的饮食口号出现时,我都会情不自禁地想起迈尔斯·门罗,也就是伍迪·艾伦那张迷惑不解的脸。因为我们在不断地被告知一些相互矛盾的东西。今天我们被告知,应该像石器时代的人类祖先那样只吃肉,明天却又说最好只吃素。有一位专家建议,尽量不要吃晚餐,而另一位专家则声称,什么时候吃饭并不重要,重要的是吃对食物。然而,现在究竟什么是"对的食物"

似乎已经没人知道了。

正如胖胖的温斯顿·丘吉尔所说:"人们应该给自己的身体提供一些好的东西,以便让灵魂愿意生活在里面。"

NICHT AUFRÄUMEN

不打扫卫生

我和丈夫刚认识的时候，我们不是一起出门约会，就是在我的公寓里待着。直到后来，当我最终被允许去他家，在走廊上久久等他开门的时候，才明白他为什么这么晚才让我进他家门。看起来好像有人把他家里的东西都打包塞进了一个雪球，用力摇了摇，然后所有东西都散开了。对于散落在地板上的文件、尚未拆封的搬家纸箱，还有成堆的书，他给出的解释显然非常成功，尽管这已经为我敲响了警钟，我最终却还是嫁给了他。

近年来，他已经患上了一种梅杰综合征[1]，能够在我们共用的房间里保持一定的秩序。当然，他仍然在自己的房间里做他想做的事情。毕竟，他是一个成年人。再说了，不是每个人都希望自己周围的东西越少越好，并将它们整齐地摆放在固定位置。毕竟，你还有很多其他事情可以做，比如打个盹、读一读旧报纸（而不是整理它们）、出去闲逛或者吹个口哨。一位精神分析师向我解释说，任何像我这样坚持某些只有自己才能理解的秩序体系的人——甚至有人在一切回到原位之前都不能脱下外套——都只是试图用外部秩序来安抚内心的不安

---

[1] 梅杰综合征是一种罕见的节段性肌张力障碍，临床表现为眼睑痉挛、睁眼困难，伴有或不伴有口及下颌的不自主运动。

全感。

对于性格内向的人来说,白天躺在铺满工作文件的床上,任由目光扫过成堆的衣服、穿过的丝袜、空箱子或唱片盒,显然是一种令人振奋的惬意享受。就像在百花盛开的花园里一样,杂乱无章的东西会给你带来无尽的发现机会,比如:"看,我又找到了什么,我都忘了这支可爱的钢笔了。"如果有人认为只有在井井有条、极简主义的环境中才能产生清晰的思路,那么他应该看一看奥地利伟大诗人弗里德里克·迈吕克的书房照片。

明尼苏达大学的心理学家发现,混乱的工作场所会促使人们放弃熟悉的思维模式,尽管在整洁有序的环境中开展日常工作更容易成功。有序和无序具有完全不同的功能。我们可以借用爱因斯坦的话问一问自己:"如果一张凌乱的书桌代表了一个凌乱的头脑,那么一张空空如也的桌子又能说明使用它的人什么呢?"

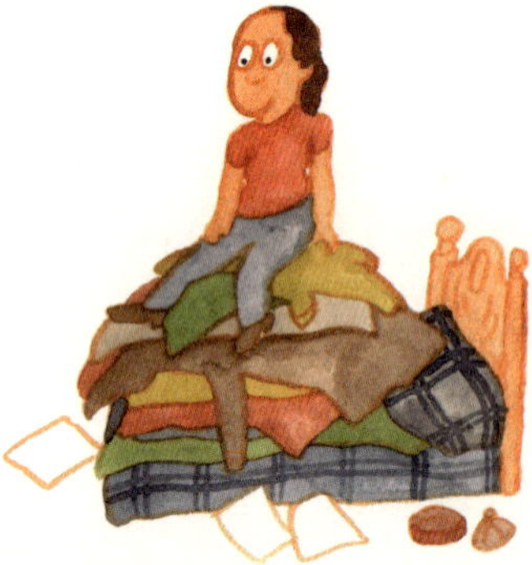

POSTKARTEN SCHREIBEN

写明信片

"你这个老樟脑丸,我的鱼肉三明治,亲爱的大猪蹄子"——这些问候语都出自作家尤雷克·贝克尔写给妻子克里斯汀的明信片。每次外出旅行时,他都会给妻子寄明信片。通常,他把这些明信片从家里带出来,这样他就可以在突然闪现一个有趣、古怪的想法后直接将其写在明信片上。他常常将荒谬且富有喜感的图片与犀利的文字结合在一起,这些文字最初是写在练习本上的,然后被转移到明信片等小艺术品上。

贝克尔是如此热衷于写明信片,以至于他在与妻子一起旅行时也照样给她写明信片。当然,从家里寄出的明信片也不少,不仅寄给他的儿子,也寄给他的同事和朋友,比如曼弗雷德·克鲁格、西格弗里德·昂塞尔德或他的传奇秘书比格尔·齐。贝克尔甚至还在书房里给妻子写过一张明信片,并把这张明信片送到了邮局,这样这位"备受尊敬的甜心"第二天早上就可以在自己的信箱里发现来自贝克尔的问候了,古怪却又满怀爱意。

就这样,贝克尔以自己独特的方式写了大约1000张明信片,形成了一种自己独特的风格,这些明信片都被收录在一本名为《波鸿的海滩上发生了很多事》(*Am Strand von Bochum ist allerhand los*)的书中。他的明信片上不再是"住宿条件不错,食物味道很好"之类的平淡无奇的简短叙述,而是写满了对城市中人们的愤怒批评,当然还有不少听起来让人起鸡皮疙瘩的爱称。为了更符合明信片的概念,德国的鲁尔区[1]甚至被"搬到"了海边。明信片如此小巧的形式却能给人带来如此大的乐趣!

与快速写好的电子邮件、推特(Twitter)消息或照片墙消息相比,一张成功的明信片需要你在最小的空间里创造出一件完整的艺术品,需要你去涂鸦和粘贴,最重要的是,需要你真正想出一些东西。

毕竟,每一张明信片都是公开的,任何人都可能读到上面的内容,至少邮递员一定可以。因此,你应该努力发挥自己的想象力,而不是冷漠地"维持联系"或与你从未见过也永远不会见到的人"交朋友"。就像过去人们为暗恋对象录制磁带,并精心制作配套的封套,将

---

[1] 鲁尔区是德国西部著名的工业区,位于莱茵河畔,并不临海。

爱的表白隐藏其中。如果你日后再次拾起这些东西，它们就会像日记本和相册一样，以最美好的方式让往事重现。

STEINE SUCHEN

寻
找
石
头

鸡神石、雷公石、猫眼石……有些石头的名字听起来像童话一般,仿佛来自另一个世界。在波罗的海的海滩上寻找这些不起眼的宝藏的人很快就会意识到,原来不安的目光是如何变得专注的,仿佛开启了放大功能。最初看似无穷无尽、一模一样的东西变得越来越清晰,一段时间以后,所有的细微之处都变得一目了然。一旦你瞥见一两个奇妙的石头,你的视线就会变得更加清晰,原本还在飞速流逝的时间几乎静止了。

同样,在山林间、河流旁或者小路边,也可以有令人兴奋的发现。最近,甚至有一些彩绘石头被放置在自然环境中,供人拍照、分享,然后重新放置在别处。然而,与石头本身不同,这些潮流来得快去得也快,因此与能够唤起深厚热情的那些静谧"生物"毫无关系。最好的例子是怪人菲茨克先生,他通常穿着浴袍,不洗澡就喋喋不休。这个人物出自德国儿童文学作家安德里亚斯·施泰恩胡弗为青少年创作的系列图书,书中讲述了"深智商"[1]男孩里克和他的天才朋友奥斯卡的故事。

---

[1] "深智商"(tiefbegabt)一词是里克的发明,它既委婉地表示了自己的与众不同(思考缓慢却热爱思考、辨不清方向等),又表达了一个孩子维护自尊的良苦用心。

古斯塔夫·威廉·菲茨克不仅收集石头，他还"饲养"石头，他相信自己已经成功地让一块石头产下了幼石。

当里克问他如何知道哪块石头属于哪块石头时，菲茨克先生回答说："你必须培养一种感觉，知道哪块石头愿意和哪块在一起，就是这样。"

"如果感觉是错的呢？"

"你很快就会意识到这一点。如果八九年以后什么都没发生，你再把它们分开。……没有正确的感觉，什么都做不成。"

几乎没有比这更富有诗意和简练的方式来总结生命中真正重要的东西了。

除此之外，这种低成本的收藏爱好最令人愉悦的地方在于，你既不用繁育这些东西，也不需要在窗台、架子或橱柜上摆满你的珍品，它依然能为你带来乐趣。因为你可以随时把它们丢掉，而不会打扰到任何人，更不会打扰到那些石头。

寻找石头

FLECKEN SAMMELN STATT FALTEN AUFSPRITZEN

收集痘痘和皱纹

去年暑假，我的大女儿突然开始拍摄蕨类植物，以及其他多叶植物的根部，她对石头和树皮也进行了热情的观察和拍摄。她告诉我，她注意到自然界中最奇特的地方也会长出小突起（痘痘），而不仅仅是她自己的额头上。从那以后她开始收集各种痘痘的照片，而不再关心自己身上的痘痘，因为显然她不是唯一有这种情况的人。

如今，大多数父母都认为他们孩子的想法和才华非常迷人，而且他们能够以艺术的方式重新诠释困扰甚至折磨自己的事物，往往可以避免漫长的治疗过程，这其实也不是什么新鲜事。将担忧和自我怀疑注入一个创造性的项目，并从中获得一些东西，要比割伤自己、对自己进行整形手术、给自己的皮肤打玻尿酸或使用有毒的药膏腐蚀更有趣。就像我的一位朋友，她想用这种方法祛除自己脖子上的一小块老年斑，甚至还专门请了皮肤科医生，但结果是患处像一只缩了头的乌龟，一连几个星期都是如此，而且疮痂脱落以后，那块老年斑看起来更加斑斑点点。

如果我的这位朋友听说过奥地利平面设计师施德明

为了一本摄影集将自己装扮成一只满身斑点的变色龙，她可能就不会这么做了。在艺术展"快乐秀"中，施德明讲述了他爱上一名年轻女子的故事，他们两人将对方的胎记图案文在了自己的手臂上，作为他们恋爱关系的标志。为什么不从这些专业的问题解决者那里学一点东西？干脆收集痘痘、胎记和皱纹，不要总对自己挑三拣四。

德国畅销书作家伊尔迪科·冯·屈蒂在她的《新家园》一书中用非常有趣的方式记录了一个人试图在尽可能多的层面上完善自己时会做的事情。她长时间冥想，锻炼，戒掉甜食、香烟，以及许多其他可以让生活变得更美好的东西。在花了整整一年时间，像一台机器一样进行自我优化以后，屈蒂终于成为一个长发飘飘、没有皱纹、身材健美的金发女郎，吸引了无数觊觎的目光，最终她却对这个新的自己感到厌烦。基于此，屈蒂得出的结论是："你看起来更好，并不意味着你也感觉更好。"

SICH NASS REGNEN LASSEN

被雨淋湿

雨衣和登山鞋如今不再只出现在徒步登山道上，在优雅的威尼斯圣马可广场、伦敦白金汉宫前或纽约第五大道上，人们也穿着戈尔特斯[1]漫步，即使是在天气暖和的春天。事实上，这些实用的防护服不仅是一种含义深刻的民主化的服装，使每个人看起来都一样，无论他们在世界上的什么地方；它们还让生活和经历本身变得千篇一律——干净、干燥并且可预测，因此非常无聊、乏味。

如果你出门没有带雨伞或雨衣，会体验到淅淅沥沥的雨打湿你的脸庞，缓慢而持续地渗入头发和衣服，最后到达你裸露的皮肤，遍布你的每一条皱纹，这有什么不好呢？在长达数天的徒步旅行中，总有一天你会遇到下雨，雨水顺着你的脖子流下来，每走一步，你的鞋子都会发出嘎吱声。

挑战大自然的多变天气的独特感觉，以及终于摆脱厚重潮湿的衣物、坐在温暖的环境中的松弛感，会成为

---

[1] 戈尔特斯（GORE-TEX）是一种高性能的防水透气材料，由美国的戈尔公司（W. L. Gore & Associates, Inc.）开发和生产，广泛应用于各种户外装备和服装，如登山鞋、外套、手套等。

一种愉快美妙的经历，深深地印在你的心中。就像当年那位充满魅力的法国人，他把我们带到他的车库里，让我们擦干身体，还用现煮的咖啡和刚刚炸好的大虾款待我们。

为什么非要等到下一个假期，才去体验如此简单又美好的东西呢？只需要把雨伞和防雨夹克留在家里就足够了，出去像黛比·雷诺斯和吉恩·凯利在《雨中曲》电影中那样跳几步舞，感受一下清新和狂野。

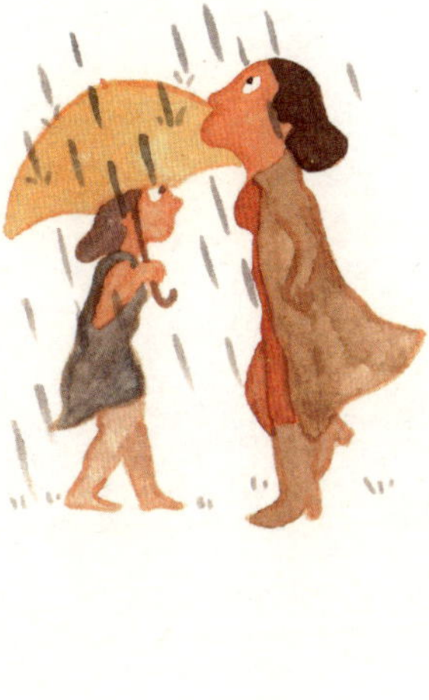

SICH GRUSELN

毛
骨
悚
然

深夜，如果我正在厨房为孩子准备第二天上学要带的三明治，突然一个 1.5 米高、穿着睡衣的怪物从后面扑过来，那么我实际上就可以不用喝咖啡了。一次彻底的惊吓（"你疯了吗？这样吓我一跳！我要被你吓死了！！"）真的会让人肾上腺素飙升，而且与咖啡因和其他兴奋剂不同，除了解脱时歇斯底里的傻笑，它没有任何副作用。

总的来说，在一个安全的范围内，故意让自己兴奋，然后再平静下来，确实会产生许多积极的作用。大约 2400 年前，古希腊哲学家亚里士多德就已经知道这一点，他在《诗学》中提出，悲剧最重要的功能之一是所谓的"净化"（Katharsis），当观众通过共情主人公的悲惨命运而体验到"恐惧和惊慌"时，就会产生一种情感的净化。这让忙碌的雅典人在体验强烈情感的同时，又不会真正置身于危险之中。

就像今天，那些加班过度的人选择蹦极、坐过山车或观看恐怖电影的方式，以刺激自身的"女巫厨房"[1]。

---

[1] 出自歌德的著名诗剧《浮士德》中"女巫的厨房"一章，在该章中，浮士德喝下女巫厨房中的汤药，返老还童，还看到了一位天仙一样的美女。

当一只野熊在灌木丛中现身时，我们身体的应急程序机制会在我们身上点燃一把火，激发我们的警觉，这在人为制造的条件下也同样有效：在经历过恐惧后，奖励系统会被激活，释放出大量的快乐激素和人体内的天然镇痛剂。经过实验，匹兹堡大学的神经科学家发现，经受了惊吓的人，比冥想之后的人明显感到更加放松。研究人员还认为，鬼屋和怪物电影可以增强自信心，是一种带有趣味因素的恐惧疗法。

不过，这种令人兴奋的恐怖效果最棒的地方在于，你甚至可以在不用出门的情况下体验到它。幸运的是，有人编造那些让人毛骨悚然的恐怖故事，令人无法入睡，完全不需要任何治疗嗜睡症的药物。因此，那只凶猛的野熊可能只是一个假想出来的杀手，肾上腺素激增的警报声无论如何都会响起，有时甚至整个晚上都在响。至少，我经常在看完一部非常精彩的惊悚片后不敢关掉床头灯。这种感觉就像我 8 岁或 11 岁的时候一样，每天晚上都想知道黑暗中到底发生了什么，比如床下是不是藏着一头怪物！

时不时地经历一下惊吓和战栗，就像是对你被忽视的情感进行了一次奢侈的恢复治疗。被吓得毛骨悚然的人不再考虑如何让自己变得更快、更美、更年轻或更有效率，而是全身心地活在当下，在此时此地得到美妙的放松。

DURCH EIN ZIMMER REISEN

房间里的小旅行

每年，我那经常迟到的朋友伊娃都要和她丈夫进行一次一模一样的乏味辩论，才能说服这个高智商又幽默的男人离开自己的办公桌，和她一起出去玩几天。他通常会勉强让伊娃开车送他去意大利的南蒂罗尔或西班牙的马略卡岛[1]，尽管他更愿意享受单调乏味的日常生活，培养自己喜欢的仪式感，每天用吸尘器在宽敞的公寓里专门进行一次大扫除。

生活中真正的冒险是发生在外面的广阔世界，还是发生在自己家的客厅，这是一个自古就有的争论点。但很少有人能像丹尼尔·凯尔曼那样，他在小说《丈量世界》中将这个争论点简洁明了地论述了出来。在这部小说中，数学家、天文学家和物理学家约翰·卡尔·弗里德里希·高斯只用一支铅笔和一个指南针就测量和征服了整个宇宙，他与探险家、旅行家亚历山大·冯·洪堡在这个问题上争论不休。

在许多情况下（比如新冠疫情期间），只靠自己的想象力去发现这个世界是非常有用的。游历甚广的法

---

[1] 德国人常去的度假地点。

国贵族格扎维埃·德·迈斯特早在 1794 年就认识到了这一点。他在一次决斗后被判处了 42 天的禁闭，当时他决定将这个惩罚作为送给自己的礼物，将其视为一次冒险，并开始了一次"地平线之旅"。他有一张床、一把椅子、一张桌子，以及几张图片，这些简单的物品引导着他进入想象力、回忆的无限空间之中，甚至让他触及整个世界。他指出，尽管当局禁止他外出，却"把整个宇宙留给了我，无限和永恒将为我服务"。

迈斯特是第一个想到以这种方式观察一个狭窄的日常生活空间的人，这种方式可以将他带到像新大陆一样令人惊讶和有启发的地方。奥地利散文家卡尔-马库斯·高斯说道："格扎维埃·德·迈斯特游历了很远很远的地方，但没有比他自己的房间更远的地方了。"

大约 200 年以后，卡尔-马库斯·高斯追随迈斯特的脚步，也宣称自己的房间是一次文学探险的起点。在他之前和之后的许多人也是这样做的。因为迈斯特的房间之旅一出现，其他人也开始用诗意的方式探索他们的卧室、客厅、酒窖，甚至他们的裤子口袋。例如，索菲·封·拉罗什是一位成功的小说和游记作家，在迈斯特的书出版5年后,她宣布将她的书桌作为一次跨越数百页的探险的起点。从今天的角度来看,这似乎是弗吉尼亚·伍尔夫后来在她的《一间自己的房间》中阐明的观点:无论是谁要写作,每年都需要500英镑的收入,以及一个可以不受干扰地工作和独处的地方。当然,这不仅适用于女性和作家。

创造一个属于自己的空间,让想象力不受干扰地漫游,比任何昂贵的旅行都更加刺激。

ALTE ZEITUNGEN LESEN

阅
读
旧
报
纸

《铁木儿和他的伙伴》是阿尔卡季·盖达尔为青少年创作的一本小说，这本书在民主德国经历了无数次再版，影响了几代年轻读者。这本书还为社会主义邻里互助命了名——"铁木儿志愿者"，这些年轻的少先队员会走访每家每户，摁响大家的门铃，收集玻璃瓶、废铜烂铁或旧报纸，然后将它们送到废品收集点，并赚取一点小钱。但是，东欧的这种过度收集行为不仅因为物资短缺而受阻碍，更因为即使是最大的囤积者也必须分类整理自己的垃圾，并在住宅门口交付。

我的丈夫说，他的房间里总是放着几摞旧报纸，主要是因为两德统一以来，铁木儿和他的小伙伴就一直没有定期按响我们家的门铃，帮助像他这样不拘小节的人整理生活。这真是一个相当新颖的好借口（参见章节"找个好借口"）。

在这种情况下，仅仅堆叠和囤积报纸并不是他的目的，这些快节奏时代的精神产物被保留下来，以便日后再次阅读，这才是真正的特别之处。我的丈夫说，如果3个月前的报纸上已经有了一层厚厚的灰尘，这时候再去读它，你会更加集中注意力。所有多余的内容都是已

阅读旧报纸

经为人所知的，你可以直接去看科学、文学和经济政策的背景报道，因为普通人读报意图获取的一切信息都已经失去时效性了。

KALTES ABENDBROT SERVIEREN

吃
冷
餐

小黄瓜和小萝卜、煮熟的鸡蛋、一块熏鱼或一份香肠沙拉,再配上一个什锦面包篮和一杯冷饮——德式的冷晚餐就这样准备好了,比起那些需要请一天假才能准备好的时髦做作菜,很多德国人更喜欢吃这种晚餐。

在吃冷晚餐时,每个人的盘子里都有一些吃的东西。人们可以食用不含淀粉的熟火腿、番茄块、其他低碳水食物,或者高碳水三明治,如果有需要的话,还可以再加一颗脆嫩的小珍珠洋葱——它几乎可以和任何食物搭配。更重要的是,所有剩菜都可以被端上桌,这是德国家庭典型的饮食习惯。虽然人们常常认为这样吃晚餐是乏味的,但是这样也有进步和可持续的意义。

香肠和奶酪拼盘、俄罗斯蛋[1],还有一碗在我的家乡非常流行的"带音乐的手工奶酪"(Handkäs mit Musik)[2],会唤起大多数人的童年记忆——在观看《鲁迪·卡雷尔秀》电视节目的过程中,祖母把擦洗过的木质面包板平放

---

[1] 又称作魔鬼蛋、填料蛋或调制蛋。做法是将蛋煮熟后剥壳切开,将蛋黄与蛋黄酱或芥末酱混合后再填回蛋白。常做成冷食,作为配菜、开胃菜或主菜,在德国很受欢迎。
[2] 一种混合洋葱的硬质奶酪,配苹果酒食用。名字中的"音乐"据说是指人吃了这种奶酪后肠胃消化食物发出的响声。

在她的膝盖上，上面摆满美食。而怀旧情绪往往是激发餐桌对话的最好因素之一。一旦小碟子被大家传来传去，面包被抹上一层又一层酱，故事就会像变魔术一样出现在餐桌上。光是谈论面包的不同称谓（如 Stulle、Schnitte、Knifte）或面包边角料的名字（如 Knust、Knippchen、Ranft、Kante 等），就足以让晚餐时光变得充实。

由于每个德国家庭都有相似但又各不相同的晚餐习惯，因此从社会学的角度来看，这种饮食形式也是一个广阔的研究领域。我的艺术家朋友英克和约尔格长期以来一直以表演的方式探索德国人的晚餐习惯。在他们组织的热闹非凡的"晚餐大聚会"上，来宾们被随机安排到不同的小组——"外国人 + 喜欢吃水煮蛋"小组与"文化爱好者 + 酸黄瓜之友"小组相对而坐。而且他们故意让供应的菜肴保持短缺，红酒或奶酪等食物必须经过交换才能得到——用诗歌朗诵换脆面包片，啤酒爱好者可以和能多益（Nutella）榛子巧克力酱爱好者团结在一起，每个人都可以用巧妙摆放的三明治证明自己是晚餐专家。英克在蜡桌布上创作的一件艺术品被命名为"酥脆几乎就是艺术"。"晚餐大聚会"这项活动被认为是一种艺术实验。

HERUMLÜMMELN

任思绪四处游荡

躺在沙发上，欣赏在阳光下飞舞的尘埃，漫无目的地对着空气发呆，或沉浸在苍蝇的飞行轨迹中——可能没有比这更令人愉悦的事情了，这么做可以让人从哲学的角度思考存在的不可预测性。同时，写一本私密的头脑日记，记录不成功的调情、荒诞的度假住所或糟糕的恋爱经历等，写完就立即删掉。这一切最好在懒洋洋的状态下完成，只需要一个相对舒适的支撑物、一些时间，以及无人打扰。毕竟，在办公室、公共场所或与家人在一起时，礼仪要求我们保持一定的自制力，在正确的时间回答或提出问题。

心不在焉地在遥远的星系中漫游，物我两忘，这是一种深度放松的模式，在这种状态之下，礼仪和其他外在表现好像完全消失了。只有脱离人际交往的控制，吃着刚从锅里捞出来的意大利面，拿着冷冻比萨在电视机前闲坐，把脚翘在桌子上，手指插在鼻孔里，除了懒洋洋地任思绪四处游荡、打哈欠或大声叹息之外，无所事事，这才是生活真正的乐趣。

如今，青少年已经完美地掌握了这种简单的放松技巧，这让他们的监护人痛苦不堪。然而，一旦他们经历了一段时间的工作,他们通常会完全忘记自己还拥有这种技能,然后需要昂贵的辅助设备才能回到类似的状态。因此,放松可以说是成年人需要从青少年那里重新学习的一种能力。

与其再来一次青春期冲突,不如干脆躺下来,一起任思绪四处游荡。面对消费社会不断增长的挑战,没有什么比这更轻松、更简单、更温和的抵抗方式了。

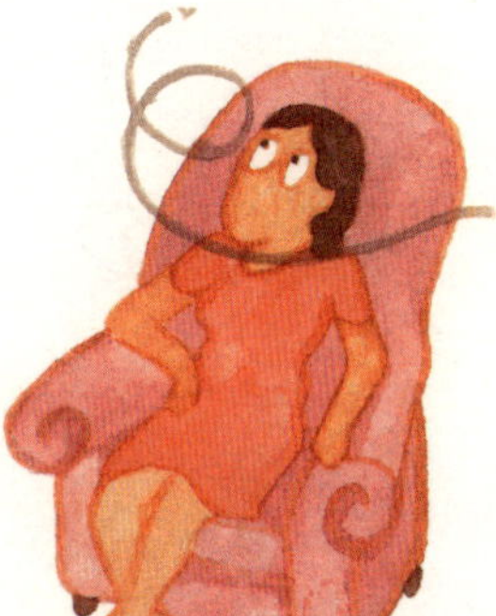

UMWEGE STATT ABKÜRZUNGEN

迂回而非走捷径

要想过上彻底优化的生活，抓住每一个节约时间的机会似乎是非常重要的。我有一个好朋友，他永远都不会被动地站在站台上等待地铁，而是不断地使用他的 BVG App[1] 来计算哪种方式换乘最快、上哪节车厢在换乘站的换乘时间最短，因此完全不可能让他与别人进行愉快的交谈、观察周围的人，或者让自己的思维漫游。

当然，我的这位朋友是一个狂热、坚定的短途飞行倡导者。他宁愿在机场乐此不疲地完成各种排队，在不耐烦的安检人员面前检查他的脏衣服，而不是选择乘坐火车，虽然坐火车旅行可以连续几个小时做自己想做的事情，比如阅读一本书、欣赏窗外的风景、去餐车吃东西或与偶遇的陌生人聊天。

在我与这些飞机出行倡导者的所有讨论中，我总是被这样一个事实逗乐，即坐飞机可以节省大量时间的论点压倒了所有的反对意见，好像节省时间是对自己的最高要求，是优化生活的最高指标。

---

[1] 柏林公共交通公司，简称 BVG，负责营运德国柏林的地铁、电车及巴士服务，这个应用程序可以购票和查阅交通信息。

米切尔·恩德的小说《毛毛》中有一位窃取人们时间的盗贼灰先生，这个设定强调了人们如果不再抽出时间享受当下，例如晚上站在窗边反思自己一天的经历，或者去看望老母亲并陪伴她几个小时，生活未必会变得更美好。

《毛毛》以一种让人感到亲切的方式告诫我们，每个人账户中所拥有的那点时间都应该好好去享受，等电脑普及到每个人的口袋里以后，它们会像贪婪的小宠物一样吞噬我们所有省下来的时间，一丁点儿都不剩。

如今，节约的理念早已扩展到其他领域，如注意力和表达方式，例如年轻的父母更喜欢看手机，而不是观察他们婴儿的脸，即使婴儿就坐在他们眼前的婴儿车里。同样，电子邮件中出现大量的缩写，这些缩写的含义可能不易理解，举个例子，像某一位同事那样用"Herzl. Grüße"[1]这样的道别语形式化地结束一封电子邮件，究竟有什么意义呢？

---

[1] 是德语 Herzliche Grüße（致以诚挚的问候）的缩写。

诚然，对缩写的喜爱也可以孕育出一种奇特的创造力。我特别喜欢一位同事告诉我的一个故事：朋友家的厨房里有一本挂历，朋友的母亲在上面精心记录了所有人的生日和忌日，甚至包括她那位自杀时引爆了自己花园小屋的叔叔京特。这位朋友的母亲特意写下了"O. Gü. expl."[1]，而不是在日历上写下他的名字，画上一个十字架。

---

[1] 在此处的缩写中，"O."指的是"Onkel"（德语中的"叔叔"），"Gü."则是叔叔名字京特（Günter）的缩写，而"expl."可能是"explodiert"的缩写，意指他自杀时引爆了他的花园小屋。

PROKRASTINIEREN

拖延时间

如果我的丈夫又开始在厨房里专心致志地整理抽屉里的调味品，那么可能是他的税务顾问已经提醒他还有一些遗漏的文件要处理。如果我的小女儿已经被提醒了好几次要开始学英语单词了，那么厨房里很快就会传来哗哗的声音——她会选择先去烤个蛋糕再开始背单词。而我自己，与其填写那些已经占据了我半张书桌好几个星期的难以理解的表格，更愿意写这篇文章。

你对即将到来的任务越是不感兴趣，就会在想出替代性活动方面表现得越有创意。当然，前提是你属于一种相当普遍的人格类型，其最显著的特征就是"拖延"，这种将不愉快的任务一拖再拖的做法，遍及所有人群和阶层，涉及各种各样的任务和活动领域。

马克斯·戈尔特在他的著作《朝不保夕者与拖延症》(*Prekariat und Prokrastination*) 中给"拖延症"下了这样一个定义："拖延紧急工作，不是因为时间不够，而是因为工作拖延导致的狂躁自我更加令人痛苦，这是以可预见的糟糕后果为代价的。"

高产的职业拖延症患者卡特琳·帕西格和萨沙·洛

博专门为此撰写了一本著作，探讨了拖延现象的多个方面。幸运的是，他们并没有在书中解释如何尽快摆脱这种"坏习惯"，也没有给出如何更加自律的建议，更没有号召读者放弃现代社会的挑战，去当牧羊人，或者到修道院中度过余生。相反，这本书是一本慰藉之书，送给那些因日常生活方式烦琐而心怀内疚的人。这本书鼓舞人心的核心论点是：需要改变的不是拖延症患者，而是他们所生活的这个毫无乐趣且过分追求效率至上的世界。

如果几小时后再打扫卫生看起来没有任何区别，为什么要现在收拾呢？如果里面没有散发着紫罗兰香味的手写情书，为什么要及时打开邮箱呢？在美国导演斯坦利·库布里克的经典电影《闪灵》中，杰克·尼科尔森一脸疯狂地盯着打字机，无休止地敲打着"今日事，今日毕"这句效率口号。

拖延症与懒惰的关系远没有一般人所说的那么紧密。"实际工作时，在你可以偷偷从事的活动中，无所事事地躺着绝不是最优先的活动之一，"帕西格和洛博在书中写道，"恰恰相反，你越是迫切需要工作，就越有动力去做一些完全不同的事情。"一旦这个充满魔力的动机生效，最令人惊叹的奇迹往往就会被创造，尽管可能是以迂回的方式："林纳斯·托瓦兹花了8年时间才完成他的计算机科学学位，因为他在此期间开发了Linux操作系统；在农场长大的艾萨克·牛顿故意干不好母亲交给他的农活，因为他更喜欢读书；罗伯特·舒曼花更多时间弹钢琴，而不是致力于他的法学学业；列奥纳多·达·芬奇停下了他作为宫廷画师的工作，因为他对几何学更感兴趣。"

因此，拖延可能是实现非凡成就的一种相当有效的方法。既然拖延是一种稳定的个性特征，既不受良好意图的影响，也不会对治疗措施做出反应，那么只有一个明显的结论：严重的拖延者只有一件事不应再拖延，那就是接受自己。

ANDERE ANSTATT SICH SELBST BEOBACHTEN

观察别人而
不是自己

最近，在一次傍晚外出散步的时候，我的小女儿告诉我，她有多么喜欢观察城市住宅的黑暗窗户，想象着住在里面的人此刻在做什么。不管他们是去了电影院或剧院，还是去了亲友那里，那扇没有亮灯的窗户的后面是不是等待着被使用的卧室，真实的生活都在黑暗的另一边秘密地发生着。小女儿的谨慎给我留下了深刻的印象，因为相比之下，我自己显然更有窥视欲，我更喜欢明亮的窗户，通过它们可以直接看到一些景象——凌乱的橱柜、堆满书的书架、斜切构图的奇怪画作，或者觉得自己未被注意的住户在窗户框出的画面中随意走动，所有这一切都提供了一个无声的戏剧场景，激发了我的想象力。

反之亦然，看看窗外，或者走进其他人的生活，问一问自己那个每天下午带着狗散步的老人以前可能从事什么职业。是什么事情导致面包店店员的心情如此糟糕，以至于你多年来一直害怕买面包时遇到她？50年前，你的邻居是带着怎样的心情搬进隔壁公寓的？

观察他人，并想象他们的生活，就像即兴创作故事一样，这可能是创意写作课程中一种成熟的练习。他人的面部表情、发型、手势、步态、说话方式和习惯性动作，都可以像阅读小说一样进行解读，并给你提供比运动传感器、卡路里图表等更复杂的灵感与启发。对于那些害怕与人打交道的人来说，在公园里观察鸟、云彩或狗，肯定要比观察自己的身体更有趣，也更加让人兴奋。

STREICHE SPIELEN

恶作剧

成年人认真地在网上讨论多大年龄的人还可以玩按门铃恶作剧。最令人感到亲切的回答是：只要你的身体健康状况允许，能够尽快跑过街角，并在一旁放声大笑。因为这就是恶作剧和做傻事的真谛：笑到眼泪流下来，笑到前仰后合，笑到肚子痛。

小时候，我和表姐常常一起突然大笑，控制不住自己，以至于吃饭时我们会被分开一段时间，一个和大人坐在一起先吃，另一个坐在餐桌旁等待，不然谁都没法吃饭。只要我们一看对方，就会无缘无故地大笑，即使有原因，我们也会在大笑中立即忘记它。

作为成年人，我们不再做那样的事，毕竟，我们已经听够了"别幼稚了""别傻笑了""别说废话了"这样的告诫。这些像机械一样反复说出的警告，是为了童年早期的自我完善，结果就是我再也无法与孩子们一起玩耍。每当我试图加入他们的角色扮演或木偶游戏时，我的女儿们都会对我说，"大人太严肃了，只会假装自己在玩耍"，于是我被赶出了儿童房。

事实上，长年累月的告诫和越来越多的自我反省似乎已经把我们塑造成了一个举止得体的"大人",以至于我们不仅忘记了如何用手指吃饭,或在别人面前肆无忌惮地挖鼻孔,还忘记了成为公主或可怜孤儿的能力,也就是说,那种沉浸在游戏中,并将自己传送到其他世界的能力。

匈牙利裔美国心理学家米哈里·契克森米哈赖将这种能力称为"心流"(flow),成年人试图通过棋类游戏、运动、创造性职业或借助令人陶醉的物质来恢复这种能力。然而,无论你是低头在棋盘前弯腰抽烟,沉浸在"心流"之中,还是在过家家游戏中因有人大声放屁而咯咯地傻笑,都是另一回事。你可以很容易地测试这种能力是否仍然在某个地方休眠,并且可以通过恶作剧唤醒它。

在一项关于"贪玩的成年人"的研究中,德国哈勒-维腾贝格大学的心理学家发现,喜欢胡闹的人更容易接受和采用新的观点,并进行更多有创意的思考。除此之外,像我丈夫一样,每次他在火车站接我和孩子们时都会躲起来,当孩子们最终找到他时,他比孩子们还要高兴,这是非常健康的行为。当我们大笑时,大约

300块肌肉会活跃起来，新陈代谢和身体的免疫力也会随之增强，快速的呼吸会将大量的氧气送入血液，当你们事后躺在对方的怀里，虽然精疲力尽却很开心时，动脉会扩张，心脏病发作的风险也会降低。因此，那些做搞笑事情的人实际就是在进行很好的预防保健。

　　玩一玩按门铃恶作剧，用你的铃声把那些也需要运动的老年人从沙发上赶起来，或者在排队时和售货员聊天，让排在你后面的队伍越来越长。你会玩得很开心的！

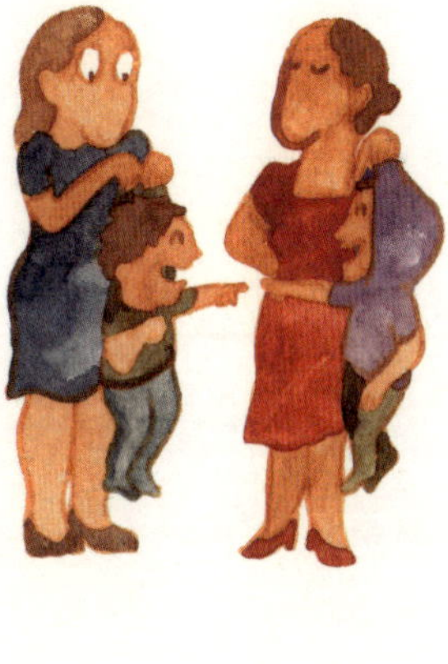

ANDENKEN SAMMELN

收集纪念品

每次我们家吃煮土豆时，我把不锈钢的三齿土豆叉插进冒着热气的土豆里，就会想起我的父亲，想起他那擦得闪闪发光的干净厨房，想起他不仅热爱清洁和秩序，而且还喜欢吃粉糯松软的土豆。这把小巧而坚固的叉子不是我买给自己的，而是从他的家里来到了我的家中，它比他留给我的其他珍宝更深刻地连接了我与父亲。

此外，父亲的皮扶手椅、两尊细长的非洲木雕、相册和一个镶金边的四叶草摆件都在我们家有了一席之地，这让我觉得父亲仍然在我身边，用他那过于积极乐观的生活态度来平衡我与生俱来的悲观主义。

或许这些物品之所以如此神奇和令人欣慰，是因为它们体现了那些一去不复返却仍会留在我们心中的东西，并不断使之具体化：亲情和爱情，有趣和悲伤的共同经历。因此，就像我们被整理师和极简主义者教导的那样：物品占用空间，它们还能创造空间。

如果没有这些物品的隐藏功能，没有这种微妙地触及情感层面的魔力，我们的生活可能看起来就像一间过于宽敞的候诊室，整洁有序却缺乏温度。

AUF EINER PARKBANK SITZEN

坐在公园长椅上

公园长椅是"用于欢笑、阅读、亲吻、讨论、思考、观鸟和制订计划"的东西，这是刻在许多公园长椅椅背铭牌上的文字。这些捐赠的长椅形状各异、材质不同，但每把长椅上都有捐赠者专属的铭牌，上面记载着一段温情脉脉的话和捐赠者的名字，克劳迪娅捐赠的长椅便在其中，这是她送给斯特凡的一份爱的礼物，我们祝愿他们俩的爱情比一般的公园长椅寿命更长久，因为一般的公园长椅即使被好好保养呵护，5~10年以后也会磨损严重，需要更新。

也许有人会像这位年过八旬的老太太一样慷慨大方、高瞻远瞩，她选择将公园长椅作为她最后的安息之地，而不是家族的坟墓。在电台的一个专题节目中，这位幸福的捐赠者讲述了这张长椅的落成典礼，当时全家人都参加了典礼，典礼上还有香槟和小吃，她提到了长椅背面的那块铭牌："献给我们逝去的所爱之人，他们再也看不到这个美丽的公园了。"

正如歌德所说，公园长椅适合作为回忆、制订计划或"流连忘返"的场所。在歌德生活的时代，最早的长椅可能是放置在公共花园中的，公共花园是由18世纪中叶以来仅对贵族开放的狩猎花园、动物园和宫殿花园发展而来的。我们如今无法确定，究竟是谁发明了公园长椅，但他肯定是一位天才。

"公园长椅作为公园中最重要的一部分，是解放和启蒙的产物。这是公民自由平等的象征。"德国作家、新闻工作者格哈德·马茨格这样写道。直到今天，公园长椅上的每个人都是平等的。富人和穷人都很高兴，他们终于找到了一个免费的场所；对于年轻人来说，这是一个容身之地，他们可以在这里练习牵手、抽烟或喝酒等社交技巧，而老年人可以安静地坐下，眯着眼睛晒着太阳，与邻座的人聊天，或者感受一下家门口以外的世界。

在新冠病毒肆虐期间，法国北部城镇拉马德莱娜的市长下令关闭公园，甚至拆除公园长椅，这不仅使一个免费接受日光浴和静坐休息的地方消失了，而且使英国"闲散问题首席理论家"汤姆·霍奇金森所说的"自由天堂"的生活乐趣消失了。如果一座城市不再有公园长椅，长椅上不再有无所事事的人，那么这座城市将是一个反人类的地方，不再有任何真正的居民，有的只是路过的消费者。

VERGESSEN

忘记

德国哲学家康德不得不解雇了他的仆人马丁·兰珀,原因是兰珀开始酗酒。当时的康德已经习惯了这个仆人超过 40 年的服务,以至于他也把兰珀的继任者约翰·考夫曼叫作"兰珀"。

为了改正自己的错误,康德在一本小册子中写道:"我现在必须完全忘掉兰珀这个名字。"但这么做很可能会产生相反的效果。

也许我们应该像这样根据否定原则来设计我们的待办事项列表,并在笔记本上做好标记,以确保我们不会漏掉任何任务。其他事情可以安全地忽略掉,让它们消散,随风而去。因为如果真的很重要,它们(就像兰珀一样)会自然而然地再次出现在我们的脑海之中。

KEIN WASSER TRINKEN

不喝水

"水是给牛喝的。"当朋友递给一位男士一杯水,并提到充分补水的话题时,这位男士向别人解释道。尽管他几十年来几乎完全用茶、咖啡取代水,而且最近开始换成不含酒精的苹果酒,以此来滋润自己的身心,但他的身体还是相当健康的,他的精神状况好到足以在德国一所大学担任教授。

这有点令人惊讶,因为多年来我们一直被告知,一个人每天至少要喝1.5~2升水,即8杯水,甚至不渴的时候也要喝水,否则我们的肌肉和大脑等器官会萎缩。如果因缺水而感到疲劳和无精打采、皮肤变差、不能再思考,我们毫不意外。这就是为什么总有人带着大瓶水走来走去,不断地喝水,以帮助清理体内的毒素,让身体保持最佳的状态。然而,似乎并不是每个人都认为这么做是我们生存所必需的。

据说,印度有一位非常年长的苦行僧叫普拉拉德·贾尼,自从大约70年前,他11岁时离开父母,把自己的一生献给印度教的完美女神杜尔迦以来,他就一直不吃不喝。贾尼解释说,这是因为他小时候就受到了神灵的保佑。研究人员已经做过两次测试,检查贾尼是否真的能在没有食物和水的情况下生存，但直到他去世都没有找到对这一现象更多的解释。

通常情况下，理想的解决方案介于大量和一无所有之间。或者正如美国作家马克·吐温所说："医学的发现可以简单概括为一句话：适量饮水是安全无害的。"

IM LIEGEN LEBEN

躺着生活

辛苦了一天以后,脱下鞋子,走向沙发,在上面躺一会儿,伸展一下疲惫的四肢,什么都不做,什么都不想,这是一件多么令人愉快的事情。懒汉就是像冈察洛夫笔下的可爱梦想家奥勃洛莫夫那样的人,对他来说,躺着"既不像病人或昏昏欲睡的人那样,是一种必要,也不像疲惫的人那样是一种偶然,更不像懒惰的人那样是一种乐趣:这是他的正常状态"。

甚至古希腊人和古罗马人也喜欢躺着。有权有势的人在他们的床上进行统治:亚历山大大帝在他的金色华盖下举行会议,而位于凡尔赛宫的卧室是法国著名统治者路易十四的权力中心,他早晨的"大晨起仪式"[1]是一项国家活动。

这种横着看生活中重要事物的方式质疑了启蒙运动、工业化和当代的绩效主义。整天在床上躺着的现代人被认为是懒虫、病人,或者是艺术家。而文学史和文

---

[1] 路易十四设计出了一套烦琐的起床仪式和就寝仪式,其中起床仪式要持续一个半小时,寝宫和藏衣室的侍从们依次进入,服侍国王进行洗漱、刮胡子和理发等,然后国王要穿衣戴帽,并喝一碗热汤作为早餐。只有王国的重要人物才会获准参加此仪式。

化史告诉我们，普通人睡觉所需的几平方米的床有多么重要：法国作家普鲁斯特和西多妮-加布里埃尔·科莱特等作家常年在床上生活和工作；杜鲁门·卡波特宣称"如果不躺下，我就无法思考"；《花花公子》杂志的主编休·海夫纳在一张可旋转的圆床上管理编辑部；约翰·列侬与小野洋子夫妇穿着睡衣在床上躺着呼吁世界和平。由此可见，床不仅仅是用来躺着休息和放松的地方，它还是一个激发灵感和创作潜能的场所。

贝恩德·布伦纳在他的《躺平》一书中写道："躺平的艺术本身并不存在，它与其他艺术相呼应：无所事事的艺术、谦逊的艺术、享受和放松的艺术，甚至是众所周知的爱的艺术。"

近年来，这种布伦纳所称的"横着的生活方式"的潜力正在复兴。哮喘患者被推荐前往灰尘含量低的天然洞穴里进行躺卧治疗，而在疗养院里，充分的卧床休息也是应对疲劳过度，以及倦怠社会的其他疾病的处方。在那里，人们终于找到时间阅读托马斯·曼的小说《魔山》，在这部小说中，躺着被扩展成一种"横着的存在形式":"我们必须躺着,一直躺着……塞塔姆布里尼[1]总是说,我们是仰卧着生活的,我们是仰卧的人。"

但是,躺着不仅仅是一种治疗方法。普林斯顿大学建筑史教授比阿特丽斯·科洛米纳在接受《华尔街日报》采访时说,由于笔记本电脑和平板电脑等可移动的工作用具普及,我们正在慢慢进入一个"床的世纪","数百万张分散的床正在扮演浓缩办公大楼的角色,闺房胜过高楼"。

从人体工程学的角度来看,躺着比坐着好。正如罗伯特·格恩哈特的诗句,"向猫学习就是学习躺下",单单"躺下"这个词就会让人联想到一堆柔软的枕头和呼噜声。

而"坐着"会让人想起一些不愉快的情况,比如拘留、罚站、久坐、被人忽视。大约80%的纽约年轻人经常穿着睡衣或睡袍抱着笔记本电脑,就像过去祖母常常拿着她的托盘和茶杯一样,这种想法绝对有吸引力,

---

[1]《魔山》主人公汉斯·卡斯托尔普疗养期间认识的人物,意大利自由派人文主义者。

而且是一种正确的趋势!

或者,就像美国演员格劳乔·马克斯所说的那样:"凡是不能在床上做的事情,都不值得去做。"

DAS HANDY IGNORIEREN

没有智能手机的一天

我住在荷兰的朋友罗兰难得说要来德国看我，他会提前两周打电话告知我，然后我们确定一个见面的具体时间。因为罗兰没有手机，而且他从未用过手机。这一事实并没有妨碍他在职业上取得进步，和他的伴侣过幸福的生活，并维系他在世界各地的朋友圈子。

他自愿放弃手机的举动确实赢得了尊重。因为如果你想和他见面，就不会随意推迟，所以大家会努力安排好时间。实际上，对于所有人，这都很好。

就像那种愉悦的时刻，当电话响个不停，而你完全不为所动。当时还在商海中浮沉的父亲对此做出评论："只有仆人才需要时刻与他人保持联系。"他对移动电话带来的烦扰一概不理，并因此一直不使用手机。

吃晚餐时，当孩子们因为电话响起而紧张地跃跃欲试、用脚摩擦地面，几乎无法用叉子把食物送到嘴边时，我会想起父亲的话：有比随时待命更好的事情要做。

LUXUS LIEBEN

爱上奢侈

鲜红色的鞋底和令人惊叹的13厘米高的鞋跟，这是高跟鞋设计师克里斯提·鲁布托释放的诱惑信号，让全世界的女性为之疯狂。虽然我穿上他的大部分作品，只能从餐桌旁蹒跚走到厕所，但我钦佩这位从小就梦想设计高跟鞋的法国人，尽管他那时候还不知道这实际上可以成为一种职业。

在一部电视纪录片中，鲁布托解释了自己对创造那些没有直接实用价值的东西的偏好，并讲述了他在巴黎开的第一家店，在那里，他展示了一双由柔软绉纱制成的粉色细高跟鞋，鞋头饰有精致的天鹅羽毛簇。有一天，一个女人走进店里，盯着那双鞋看了很久，最后高兴地喊道："天哪！这双鞋太没用了，可我需要它。"鲁布托微笑着对这位顾客的理念做了补充："我们需要能让我们做梦的东西。那些看似无用却有造梦功能的东西，保护着我们。"这种特殊的魔力，就像宜人的香气，温柔地围绕着这样一件奢侈品的主人。令人欣慰的是，它与金钱无关。

耶拿哲学家兰贝特·维兴在他的《奢侈的哲学》(*A Philosophy of Luxury*)一书中将奢侈定义为一种特殊的

审美体验，在这种体验中，人类的个性得以彰显，这是一种达达主义的反抗精神，抵制了我们这个世界的功利主义合理化。

一只手表、一艘游艇或一辆汽车仅仅因为价格昂贵，并不能成为奢侈品。作为对财富、声望和地位的一种炫耀性展示，它们并不能直接带来奢侈的体验，因为它们服务于一个特定的目标，所以必须与一个目的相关联。更确切地说，某种东西通过提供一种审美体验而变成奢侈品："所以，奢侈品产生于认为某种东西是奢侈的人的情绪。"在这种强烈的自我意识状态中，一个人不仅可以通过拥有像红底高跟鞋这样精心制作的珍贵商品来获得奢侈感，也可以通过一个悠闲的早晨、一顿丰盛的晚餐、需要精心呵护的长发，或者一个放纵的游戏之夜来收获奢侈感，人们可以给予自己这些奖励，甚至放纵到违背常理的地步。

如弗里德里希·席勒在他的《审美教育书简》一书中所写的那样，正是在游戏中，人以特殊的方式体验自身，因为摆脱了目的理性的束缚，人完全沉浸在自己的世界之中。"活生生的人，"兰贝特·维兴说，"在体验奢侈的那一刻,他们觉得自己是活着的,只有那些没有被强迫保持理性的人才能保持理性。"

王尔德也表达过类似的观点:"就让我被奢侈品包围吧,我可以不需要必需品。"

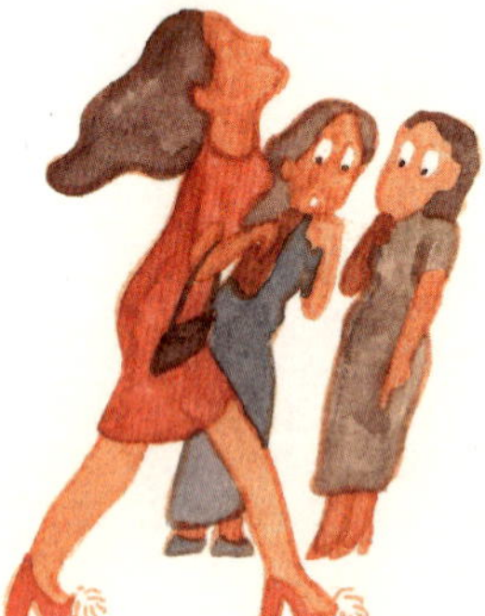

GETRENNTE SCHLAFZIMMER

分房睡

那些曾经有过一段较长期亲密关系的人都知道，至少在一起生活一段时间以后，卧室里最猛烈的声音通常不是来自激情交融的身体，而是来自打鼾。

匈牙利罗兰大学的一项研究结果显示，60%的男性每晚的鼾声听起来好像在森林里伐木，这一数字中36%的声音非常大；打鼾的女性比例为42%，这一数字中大声打鼾的占一半左右。

如果将这些数字应用到德国，就会有430万人在夜间聆听他们伴侣的"实验音乐会"，他们感到烦躁，在床上翻来覆去，徒劳地摇晃伴侣的肩膀，最终又抱起被子，跑去狭窄的沙发上度过剩余的夜晚。

尽管夜间被鼾声打扰的问题在家庭内部非常普遍，许多人已经找到唯一正确的解决方案——分床睡，但这一做法在我们这个看似开明的时代仍然是最后的禁忌之一。

宁愿在社交场合讲述怪异的性幻想，人们也不去坦率地承认他们已经与伴侣分床多年。特别是男性，作为夜间打扰伴侣睡眠的主要原因，他们会感到被冒犯和排斥。当他们的伴侣最终购置了第二张床，终于可以自由地手持一本好书悠然入睡，第二天早晨充满活力地出现在餐桌上，或者对另一半进行短暂而兴奋的床上访问，这可能比原本就睡在一起时更加刺激。然而，在外人眼中，分房睡的夫妇似乎存在问题。

实际上，情况可能恰恰相反。

在过去，共用一张床被看作亲密和温馨的象征，这是随着中产阶级小家庭的出现而兴起的。在现今这个时代，空间和身体上的亲密被视为不可或缺，没有这种亲密，家庭关系似乎就无法正常运作。

然而，一段高质量的关系也可能在于不把一切都与对方分享，尊重对方的隐私。其他人如何看待这种关系，你不必在乎。对于那些缺乏身体亲密的人来说，可以通过重新约会改善关系，像在美好的恋爱初期一样，终于可以再次问对方：我们去你那里还是来我这里？

最后，让我引用法国作家亨利·德·蒙泰朗的话来

分房睡

结束这一章:"在共用的卧室里,婚姻是地狱;在分开的卧室里,婚姻只是炼狱;如果不同居,也许婚姻就是天堂。"

EINEN SONNTAGSBRATEN ZUBEREITEN

准备星期日烤肉

我的祖母很胖，她身体的高度几乎和宽度一样。她笑起来，那圆滚滚的肚子就像一个超大的土豆丸子不停地晃动着，就像它作为传说中的星期日烤肉[1]配菜被端上来时那样。"二战"结束以后，她通过为婚礼、葬礼和其他当地大型庆典做饭来赚钱，养活了自己和她的三个孩子。

多年以来，祖母的星期日烤肉大餐——白色手工土豆丸子、酥脆的烤猪肉和烤牛肉、味道浓郁的肉汤和美味的苹果酥皮面包——已经发展成为真正的艺术品。

每次我们一家人被邀请到她那里吃饭，在晚餐开始前的几个小时里，空气中就早已弥漫着食物的香气，当烤肉和奶油般的酱汁最终被端上餐桌时，每个人的口水几乎就要情不自禁地流下来了。当最后大家都围着餐桌坐在一起时，祖母眉开眼笑，平日里对我们的责骂和抱怨都被忘记了。正如威廉·布施所说的那样："会做好烤

---

[1] 一种德国传统食物，因为习惯在星期日食用而得名。星期日是基督教中的休息日，也是德国人认为一周中最重要的一天，大多数商店不开门，通常一家人一起吃饭。星期日烤肉的主要食材是烤肉、土豆，也加入其他蔬菜、馅料和肉汁。

肉的人有一颗善良的心。"

即使不能让素食者和纯素食主义者感到饱足和快乐，一份准备了几个小时的星期日烤肉也以一种近乎理想的方式满足了现代营养学的荤素搭配要求。毕竟，这样一块入口即化的、香喷喷的烤肉无法在匆忙之中准备好，所以它是慢餐的原型，也是一种味觉和社交的艺术品。

过去，当慈爱的祖母们在铸铁烤盘里准备星期日烤肉时，它是作为一周中的重头戏而存在的。在传统的德国日常饮食中，星期五通常吃鱼，在工作日很少吃肉，或者根本不吃肉，顶多是炖香肠。"每星期有五天吃素、一天吃鱼、一天享用一份好的肉类，是一种理想的饮食规则，既考虑了营养学的因素，也尊重了伦理的观念。"德国作家马克斯·沙尔尼格这样认为。

一旦烤肉伴随着热气腾腾的白色土豆丸子、满满的肉汁，配着羽衣甘蓝或赤甘蓝，还有一小碗越橘果酱，最终被端上来，每个人的玻璃杯被倒满酒，越橘果酱小碗被来回传递。即使是坚定的素食少年，也会津津有味地数着自己盘中土豆丸子的数量并享受着。在欢声笑语中，新的和旧的故事被大家分享。在所有的欢笑声和交谈声中，人们可以感受到童心再现，回忆起自己真正的童年时光，以及曾一起围坐在桌边的那些人。

DIE POST NICHT ÖFFNEN

不打开邮箱

要立即处理、归类、整理好一切。那些做不到这一点，而是把信藏在家里，让它们消失在沙发下面，或者小心翼翼地把它们扔进抽屉里（一种看似整洁的回避方式）的人，据说都患有邮件打开困难症。然而，在这种个人主义的行为中并不存在软弱，而是存在一种内在的力量，因为在那些未打开的信封里，存在着一种自由，即一个人不能立即对一切做出反应，只有在合适的时候才能有反应，即使那个时刻可能永远不会到来。

不幸的是，像浪漫主义诗人诺瓦利斯所描述的那样，装有"真实"和"诗意"的信件很少出现在信箱中，而这些信件会使人的心随之颤动。相反，信箱里收到的几乎所有东西都是账单、不受欢迎的广告或官方信件，这些信件的封套颜色已经让人感到威胁和恐惧。如果没被这些吓倒，而是放任不管，最糟糕的情况可能就是有一天法院执行官会来敲门。然而，即使在这个职业群体中，也可能有你从未见过的友善的人。如果你真的想阅读优美的信件，但又没有人寄给你，文学作品中有大量引人入胜的书信往来内容，它们会让你想到比下一个牙齿清洁日或尚未缴纳的罚款更有趣的事情。

AUS DEM FENSTER SCHAUEN

向窗外看

20世纪70年代末，当我们从巴伐利亚州前往鲁尔区的外婆家时，有三样东西是我特别期待的：外婆做的西里西亚蓝莓饺子、报纸自动售货机（我帮舅舅拿《星期日图片报》），以及街道对面靠在窗边聊天的妇女。那些妇女有的头发上还戴着卷发筒，她们几乎都在抽烟，或者至少在窗台上放着一壶咖啡。虽然很明显她们都待在屋里无法出去，而生活应该是在外面的某个地方，但她们看起来一点儿不忧郁，也不沮丧，反而很善于交际，最重要的是，她们对自己表现出的懒散充满自信。

因为我们如今总是被要求不断提高自己的工作效率，所以你很少看到有人靠在窗边，什么也不做，只是看着窗户外面发生的一切。乍一看，外面似乎什么也没有。也许邮递员刚刚转过街角，也许有一个塑料袋在风中优雅地飘荡。有经验的橱窗观察者知道，外面发生了什么其实并不重要。毕竟，外面的世界总是反映着我们的心情：如果我们乐观开朗，鸟语花香会让我们心情愉悦；如果我们愁眉苦脸，街道旁的树枝也会显得光秃秃的。

全世界有成千上万的人在自己家的窗前放置摄

像头，并把他们在窗后看到的景象上传到"Window Swap"这个奇妙的网站上，和世界各地的人们分享。在这些动人的画面中，你会看到哥伦比亚的树叶在风中轻轻摇曳，或者奇异的动物在英国的花园里漫步，这些画面不仅提供了异国情调的景色，还能让我们了解每天透过这些窗户看世界的人们的生活：英国康沃尔的汉娜看到海浪拍打沙滩时，是否还会感到自己的心跳加速？加拿大勒马耶-德蒙塔涅的卡罗尔看着篱笆后面的墓碑时，她还会陷入沉思吗？在爱尔兰的都柏林，安的窗台上厚厚灰泥中的大蒜是否暗示着她是一个好厨师？

这个网站所提供的看似不起眼的景色之所以如此特别，是因为它们所展示的地方不在任何旅游指南上。无论是卢旺达的一条人行道，还是加纳的一个铺着瓷砖的花园，你以前都从未见过。毫无疑问，这些人通过分享他们的窗外景观，允许我们透过他们的窗户向外窥视，激励了我们再一次向窗外看，就像是第一次向窗外看一样。

EINEN BOWLETOPF LEER DISKUTIEREN

讨论一只波特酒碗

作为一个彻底优化生活的人,如果你不想被视为一个毫无创意的无聊之人,你就不仅应该充分丰盈自己的身心,还应该保持与他人互动,即参与到社交聚会中。

然而,我们在一生中发出或接受的许多邀请并没有取得很好的效果。大多数聚会无法给参与者带来刺激和愉悦,人们总是交换着那些老一套的故事和观点。因此,参加这样的聚会,特别是在年老之后,你大可以一个人坐在沙发上演一出内心戏。

我的朋友约尔格·瓦格纳是一位摄影艺术家,同时也是行为艺术家,他在各种地方不定期举办波特酒晚会,我对此持怀疑态度。只有精心挑选的十几个愿意交流和喜欢喝酒的人会被邀请参加他的晚会,这些来宾聚集在某位参与者的厨房或餐桌旁,围着一个波特酒碗聊天。根据季节的不同,波特酒碗里的内容会有所不同。

与寻常聚会边喝边聊不同,约尔格为他每一次的波特酒晚会设定了不同的主题。晚会开始后,主人先概述主题,然后大家围绕主题进行讨论,一直讨论到那个大约 5 升容量、设计优雅的 20 世纪 60 年代风格的波特酒碗被喝空为止。

我们参加的那次晚会讨论的主题是"艺术与资本"。一位从汉堡赶来的女性参与者准备了一个犀利的、自传式的简短发言，讲述了她作为一名艺术家岌岌可危的生存状况。因此，接下来的讨论主要集中在匮乏的社交资本上。时间飞逝，参与者一杯接着一杯，酒碗至少要重新灌满一次才够，而这是违反约尔格的规则的。当时正值盛夏，气氛变得越来越随意，女主人在午夜前就已经躺在厨房的沙发上了，在众人的讨论中传来她的一阵阵鼾声。

虽然这种无节制的饮酒从健康的角度来看并不理想，但与完全陌生的人共度一个近乎完美的夜晚，详尽地讨论有关波特酒的一切，也称得上是一种理想的安排。

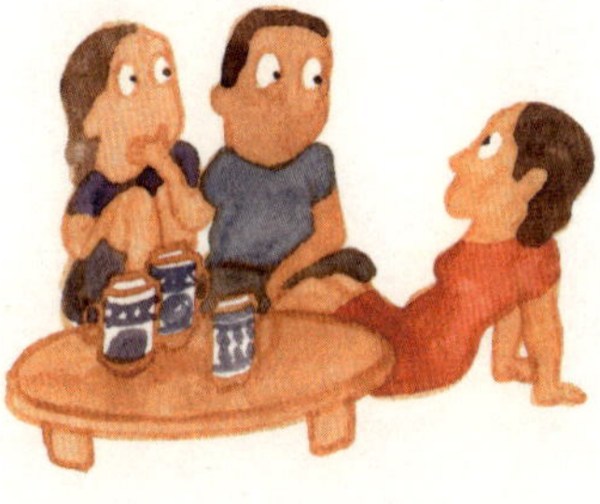

AUSSER SICH STATT BEI SICH SEIN

走出自我而非专注于自己

拥抱树木、参加冥想课、做瑜伽练习……这样做会帮助压力重重的成功人士找到自己"内在的中心"，使他们即使在十分紧张心烦的情况下——比如部门会议、节假日出行时的交通堵塞或超市收银台前的排队拥挤——也能保持平静，完全做到"专注于自己"。

但是，这究竟意味着什么呢？

是老板当众嘲笑我，使我出丑，我却静静地深呼吸，将愤怒保留在心里？是同事搞砸了一项准备已久的项目，我只是一笑置之？还是当我在街上受到挑衅时，我会保持平静，并友好地指出暴力不是解决问题的方式？

有时候，事情确实只有一个方向可以发展，那就是像一道霹雳从天而降，就好比我的一位"战友"莫妮·波特的经历那样。在她儿子上学的第一天，他们两人沿着人行道骑自行车去学校，莫妮像一只慈爱的母鸭子一样为儿子带路。一旦有行人进入他们的视野，他们就下车让路。在一个特别宽敞的地方，一位老人突然挡住了他们的路，他愤怒地跺着脚，挥舞着手杖，并用它敲打莫妮的自行车。"你的孩子永远不会有所作为,你是个糟糕的母亲,"他责骂道,"你应该在马路上骑行,你的孩子也不该出现在这里!"

为了不破坏儿子第一天上学的心情,莫妮平静地向他解释说,今天是一个特殊的日子,她通常不在人行道上骑车,而且他们已经一直在躲避行人了。然而,这位老人继续喊着,所有的安抚尝试都没有成功,直到一直静静地站在旁边的孩子突然愤怒地大声喊道:"你这个坏人,坏人!"于是,平静终于回来了,他们两个如释重负地继续骑车。

所以,当涉及负能量时,负负可以得正。莫妮·波特一家最终用一句话打破了僵局,这句话可以用在很多场合,究其原因,是屡试不爽。

如果每个人总是"处于自我之中",当别人或自己受到不公平对待时,没有人感到不安、愤怒,或者上前干涉,这会导致什么结果?

我们为什么要"专注于自己",没有什么比"走出自我"更好的了，无论是在足球场上恣意奔跑，在狂欢节时在桌子上跳舞，还是刚刚坠入爱河，甚至是在梦境中忘乎所以，都是最美丽的"走出自我"。

AUF DEM KLO SITZEN

坐
在
马
桶
上

无论是开会之前，还是一起去食堂吃饭之前，总会有人说，他需要先快速去一趟厕所。

有一次，一位同事告诉我，在她的童年时代，"厕所"这个词在字面上被禁止使用，就好像单单提到这个词，就打开了一扇通往私密、尴尬和严密封锁的空间的大门。然而，厕所不仅仅是尴尬处理自己排泄物的场所。

奥地利作家彼得·汉德克完成了一项艺术壮举，他写了一篇关于寂静之地（厕所）的文章，甚至没有涉及如厕的内容。相反，汉德克用一种轻盈、诗意的方式讲述了他生活中的点点滴滴。他思考祖父的农村茅厕的光线问题，在飞机、火车甚至寺庙的厕所周围转悠，在马桶水箱的瓷盖上解读偷偷吸过烟的痕迹，或者回忆起教会男子寄宿学校厕所的特殊声音。厕所在奥地利被称为"Häusl"，成了他在寄宿学校"可能的避难所"。

严格说来，厕所这个安静的小地方不正是一个转变和新生的地方吗？汉德克想起了 A. J. 克朗宁的小说《群星俯视》中的年轻英雄，他在寂静之地找到了平静，因为厕所没有屋顶,他看见了群星,并探索了感知自己的可能性。

如果长时间紧闭房门,对所有敲门声和叫喊声置之不理,人与人之间的冲突很容易走向极端。遇到不愉快的约会时,你可以逃到厕所深呼吸,或者从后门彻底消失。我的父亲过去常常占据一间安静的厕所,在里面一待就是几个小时,安安静静地草拟一篇演讲稿。难怪18世纪的人将厕所称为"Retirade",取自法语中 retirer(抽出、拔出或推出)一词,这不是没道理的。

考虑到这个不起眼的地方的潜力,厕所在我们这个国家受到的尊重少得令人吃惊。这与日本形成了鲜明对比,在日本,人们甚至会组织建筑设计竞赛,用设计完美的厕所来取悦公众。松本圭介是京都光明寺里的一位僧侣,在他看来,厕所是一个神圣的地方——毕竟,这里据说是火头金刚[1]悟道的地方。在他的著作《小僧心灵大扫除》中,他将厕所视为家庭和个人精神净化实践的中心场所。

---

[1] 火头金刚是佛教的神明之一,不畏污秽,有转"不净"为"清净"之德,有扫灭种种污秽之力。

不一定非要在田园诗般的冥想室、瑜伽静修所或禅宗寺院中才能幡然醒悟。厕所是一个充满创意的场所,你随时可以用来静修、反思和激发灵感。同时,厕所是一个日常的隐居处,在这里,我们可以与自己和平相处。

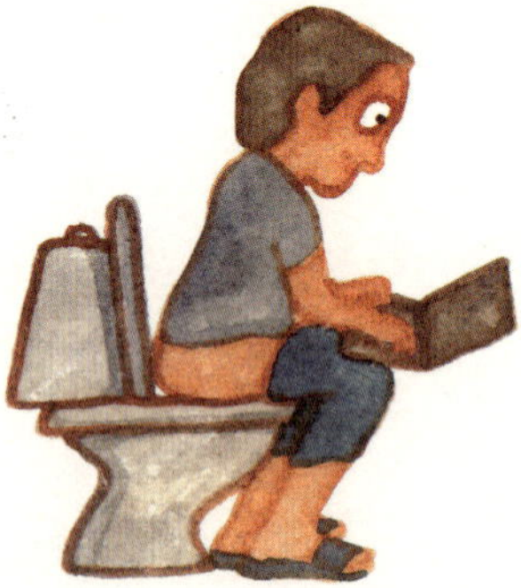

SCHNECKENRENNEN VERANSTALTEN

组织蜗牛赛跑

在我的童年时代，大人们很少会根据孩子的意愿来安排他们自己的休闲活动，也不会像今天这样，绞尽脑汁地思考怎么才能最有效地激发孩子的创造力，或者什么才能在智力和道德上启发他们。大多数父母追求的爱好是钓鱼、打网球或保龄球，只要你还不能一个人待在家里，就不得不跟着他们去参加每一场比赛，而且出于习惯，你会不由自主地成为这些运动的少年俱乐部的成员。

结果，不仅是我，还有我的大多数朋友都把大半的空闲时间花在了各种俱乐部里。运气好的话，我的一两个同学的父母也有同样的爱好，这样我就不会一个人无聊到昏过去了。大人们参加体育运动似乎主要是为了在运动后有一个庆祝的理由，或者更确切地说，庆祝似乎才是真正的运动，不管是为了安慰自己失败在所难免，还是为了庆祝取得胜利。

运动部分一结束，一个又一个装满苹果杜松子酒的酒杯就出现了——毕竟，那时候不只是父母对他们的孩子不那么关注了，连警察对道路的监管工作也相对松懈了。显然，随着对教育的参与度越来越高，车辆检查的频率和彻底程度也越来越高（按某些人的说法，得到了优化）。

当时，父母不管孩子，警察也不管醉酒的父母。你和其他派对参与者的后代们一起摇摇晃晃地走着，与大人们迅速高涨的热情背道而驰，经历了一个几乎无休止的减速循环。

是的，那里有运动器材，还有游戏机，只要投两个硬币，就能让你玩上十来分钟。有时还会有像"Mau-Mau"这样的纸牌游戏。但最终，你就会对这里所有的娱乐设施了如指掌。当想不出别的事情来打发时间时，偶尔会有人开始捡蜗牛，其他人也会去捡，并把捡到的蜗牛放在俱乐部旁边的垃圾桶盖上摆成一排，让它们比赛，因为比赛时间漫长到足以度过整个晚上。直到今天，我依然喜欢用一件你能想象到的最无聊的事情来消磨无聊时间。最重要的是，它确实真的奏效。

德国大名鼎鼎的歌舞表演艺术家和作家格哈德·波尔特是"无聊艺术"的狂热拥护者，他曾经说过，如果生产力的达摩克利斯之剑没有悬在你的头上，美好的无聊，即闲暇，则是一种美妙的"像乌龟一样闲逛"，你就可以简单地做任何你想要做的事情。当什么都没有发生的时候，只是看起来如此，因为总会有事情发生，无论是一只蚂蚁走过沙地，还是灰尘颗粒因为阳光透过窗户照射而变得清晰可见。问题在于，你是否能敞开心扉，接受这个想法。如果这个问题的答案是否定的，那么你就应该抓紧时间收集几只蜗牛，看着它们赛跑。

DIE EIGENEN FEHLER FEIERN

庆
祝
自
己
的
错
误

在我们这个时代，成功被视为一种完满生活的保证，衡量的标准越来越高，以至于简单地坐下来享受自己努力工作的成果似乎已经不再可能。任何成功出版一本书的人，只有当这本书登上畅销书榜或获得文学奖时才会得到认可。任何热衷写博客的人，只有在点赞数达到六位数时，才会被视为一个成功的博主。如果一个孩子喜欢体操，那么就希望他能每周参加五次奥运训练。只要成功要由别人认定，那么为追求成功本身而奋斗就是通向不幸的最纯粹的指南。

从认知上来看，庆祝错误、失误和失算会更有意义：一次失败的演讲，一次考试的失常，那些令人尴尬的糗事，甚至几年后提起还会让人脸红的事情，人们通常只想忘记，而不是炫耀它们。然而，一场以分享失败为主题的全球性运动"搞砸之夜"却选择了截然相反的做法。在这里，来自各行各业的职业人士聚集一堂，他们决心重新唤起那句老话，即"吃一堑，长一智"，公开讲述自己犯过的错误，以及从中学到的经验。

每一次有关错误的讲述都会持续 10~15 分钟的时间，在此期间，人们可以大笑，也可以哭泣。在这些充满幽默的讲述中,最令人毛骨悚然的失败故事一定会变成最有趣的故事。毕竟,失败不仅仅能给人启发,而且还极具娱乐性,正如喜剧中那些从一个错误走向另一个错误的傻瓜和笨蛋所展示的那样。

那么,为什么只有在你工资上涨、事业蒸蒸日上的时候才喝香槟呢?当你遇到不顺心的事情的时候,你更应该开一瓶香槟,最好邀请几个朋友,把不顺心的事情一一道来,那么这个夜晚很可能会是你一生中最愉快的夜晚之一。

SICH IN JEMANDEN VERLIEBEN, DER NICHT ZU EINEM PASST

爱上不适合自己的人

50多年前，我的姑姑嫁给了一个让所有亲戚都摇头的男人。即使单从外表上看，两人似乎也完全不合拍：她喜欢穿优雅的针织套装，但除了在婚礼上，我的姑父从未再穿过西装，而且他比她矮半个头。他们在同一家公司工作，但她执行秘书的职位也比他这个工人高出一大截。最重要的是，我的姑姑是一个风趣幽默但头脑冷静的人，而姑父则容易发怒，经常表现得"像个孩子"，正如我的祖母对他的存在感到绝望时所抱怨的那样。

我的家人喜欢讲这样一个故事：当我们的祖母，也就是姑父的岳母，给一大群人端上她拿手的星期日烤肉（参见章节"准备星期日烤肉"）时，一些肉汁不小心滴到了洁白的桌布上，她开始抱怨起来。于是，我的姑父从她手里接过汤勺，直接把深棕色的汤汁洒在桌子上，微笑着说，现在大家再也不会担心汤汁洒出来了。

我的姑父年轻时就离开弗兰肯村庄，去了遥远的地方。他曾经出海航行过几年，而且似乎一直没有摆脱他在那时养成的流浪癖。即使在他们都还在上班的时候，他和妻子也会定期进行奢侈的长途旅行，这在村里引起过轰动。退休之后，他们又一起乘坐游轮、火车和飞机环游世界。我姑姑曾告诉我:"在轮船上,我们的餐桌总是最有趣的。"姑父去世后,我问姑姑为什么不顾母亲的强烈反对和其他亲戚的摇头,选择了这个男人,她只是笑着说:"和他在一起总是很有意思。"

事实上,类似这样的动机在当代由算法计算的伴侣选择中似乎并不多见。爱情的神秘并没有出现在众多心理学家(或者可能只是一群软件开发人员)设计的程序中,这些程序是为了在第一次见面之前确定两个人是否真的适合在一起。

事实上,预先确定如何看待家里的干净整洁,结婚后二人账单是否要精确到分,喜欢猫还是狗,或不喜欢养宠物,以及要不要孩子等问题,可能会避免一些日常冲突。但无论是在派对上略带醉意地认识伴侣,还是在第一次约会前清醒地进行二人的匹配点检查,归根结底,正如歌德在《少年维特之烦恼》中所说的那样,这个世界上几乎没有一个人能够真正理解另一个人。

HERUMGEISTERN

夜
间
游
荡

你甚至都无法睡个好觉！根据德国医疗保险机构DAK公布的一项研究结果，每十名工作人员中就有一人患有严重的睡眠障碍，强迫自己必须工作和提升的想法是严重睡眠障碍的主要原因之一。事实上，从有意识的生活状态中解脱的夜间休息时间，现在甚至被视为一个最佳高效工作时间。

简单地按下开关，除了自己的梦境或隔壁床垫上恼人的噪声，什么都不去注意，这是不够的。我们应该尽可能快地从喧嚣的世界中解脱，以便在清晨从床上跳起来，继续愉快地生产和消费。对爱睡懒觉的人和起床困难户来说，这可不容易。

为了确保尽可能快地入睡，你不应该睡前在床上看电影，或者读令人兴奋的书；避免太晚吃晚饭，喝酒也要适量；要适度地运动，但千万不要过量；尽可能减少（或不要）思考，当然更不要执着于某件事情。

而对于快速进入睡眠的地点也有一些优化建议：房间不要太杂乱、拥挤；室内不要太热，也不能太冷；这个休息空间最好只用来完成一个接一个的深度睡眠，而不是用来进行性行为。

在电视机前打瞌睡，半夜迷迷糊糊地流着口水上床睡觉，醒来时衣衫不整，昏昏沉沉，根本不记得自己是什么时候睡着的；或者像我那苗条的姐夫一样，每晚在同一时间从冰箱里拿东西吃，在冰箱前组织一场小型"盛宴"，然后满心欢喜地回去睡觉——这些都不符合时代的要求。

自古以来，诗人、思想家和政治家都梦想过一种没有睡眠的生活。在柏拉图看来，沉睡的人并不比死去的人好多少。《圣经》也对睡眠提出要求："我们不要睡觉，像别人一样，总要警醒谨守。"（《帖撒罗尼迦前书》5:6）据说，拿破仑可以连续几天不睡觉，他嘲笑说："男人睡 4 个小时，女人睡 5 个小时，只有傻瓜睡得更多。"然而，他自己在通宵达旦之后，白天也可以随时随地睡着。本杰明·富兰克林不仅参与起草了美国《独立宣言》，还说出了"死后自会长眠"这样的话，他晚上只休息 3 个小时，而且是在不同的床上睡觉——如果一张床太暖和了，那他就换到另一张凉爽的床上去。

夜间游荡

只有浪漫主义者不仅在晚上做梦,他们在白天也梦想着另一个世界。一个真正的生活艺术家不在意何时睡觉,也无所谓睡多少觉。因此,如果你晚上躺在床上焦躁不安、辗转反侧,或者不安地在房间里游荡,对即将到来的疲惫工作日感到煎熬,你应该尽情享受自己的灵魂处于"超然"状态的这种体验,你可以阅读、写作、烘焙,或者听一听轻音乐。夜晚有它独特的魔力,没有其他时间能让人如此美妙地感受孤独了。

ÜBERTREIBEN

夸大其词

如果我的父亲与你谈论一件物品的价值，或计划购买的物品的价格，你完全可以从他所说的金额中减去一半。即使是一个电话的通话时间、一顿饭的分量或他对某件事的热情，我的父亲也喜欢毫不掩饰地夸大其词。这倒不是因为他喜欢吹牛，而是因为这样做似乎给了在战后俭朴环境中长大的他一种富足和充实的感觉。这意味着，他心中的财富总是比现实中的要多得多，也许这就是即使在困难时期，他也能以慷慨和宽厚的心态过日子的原因。

其实，在《圣经》、民间故事和文学作品中，夸张也是一种常见的修辞手法，它的作用首先是强调某件事情，并引发我们的思考：无论是饥荒之后的"面包雨"、沉睡百年的睡美人，还是堂吉诃德的狂妄执着，甚至巫婆、魔法师和其他恶人的邪恶，也常常被夸张到荒谬可笑的地步。就像一些人在面对挑战时表现出来无限热情，从而在看似无关紧要的领域获得令人印象深刻的专业知识。此处应该引用美国诗人、哲学家拉尔夫·沃尔多·爱默生的一句名言："没有激情，就不会创造出伟大的事物。"

遵循着这一充满希望的信条，我的朋友托比亚斯在读大学期间通过做兼职增加了自己的收入。他做的是校园清洁工作，然而他并没有懒散地在长长的大学走廊上打扫卫生，而是创新地设计出一种独特的擦拭技术，这种技术能够保证完全无痕的清洁效果，甚至达到了申请专利的水平。在拿起拖把开始拖地之前，托比亚斯首先找出光线反射下地板看起来已经干净的地方，从而为自己节省了大量时间，这些时间可以用于从事其他工作，比如手工制作编织物等，他几乎可以靠数不尽的手工编织物申请吉尼斯世界纪录了。

我的另一个朋友叫克里斯蒂安，自从他发现了雪茄的乐趣以后，就立即购买了雪茄盒、剪刀以及用于短途携带烟草的精致皮革盒子。除此之外，他还阅读并研究了历史和文学著作中关于雪茄的所有内容。就这样坚持了半年，尽管他对雪茄的热情已经逐渐消退，但至今他仍然是这一领域的行家，讲起雪茄来就滔滔不绝，而且风趣幽默。

GRUNDLOS SCHLECHT GELAUNT SEIN

拥抱坏情绪

哲学家叔本华曾经说过："人活着注定是一场悲剧。"他年轻时是个脾气很不好的怪人，甚至还惹恼了他的母亲。在叔本华19岁那年，他的母亲在给他的一封信中写道，"你的忧郁让我感到沉重和压抑，影响了我的好心情"，从此便避开了他。难怪叔本华的作品至今仍能启发人们追寻生命的意义，而他母亲写出的小说虽然在当时相当成功，如今却已经被人遗忘。

一定程度上的不和谐与不满足是能够思考、反省和进行哲学思辨的先决条件。叔本华自幼缺少关爱，在其他方面也不尽如人意，他完全有理由脾气不好。除此之外，创造性的工作令人精疲力竭，而且与缪斯之吻的天才神话相反，他经常会被激烈的坏脾气裹挟。心情好的人不会去阅读和思考叔本华的《作为意志和表象的世界》，而是给自己买个冰激凌，往吊床上一躺。

奥地利哲学家康拉德·保罗·李斯曼曾经说过："那些快乐的人是不会思考的。"同样来自奥地利的演员约瑟夫·哈德也对此表示认同："在我心情有些沮丧的时候，我在舞台上的表现其实更好一些。"

因此，尽管不可否认消极情绪具有一定的创造潜能，但在今天的社会，我们几乎不可能心平气和地保持心情不好，或者表达消极情绪。试想一下，如果有人从你眼皮底下抢走了一个停车位，你必须向他表示祝贺；如果你生了一场大病，你必须将其视为个人发展的机会。托比亚斯·哈伯尔曾经写道："我们生活在积极主义的独裁统治之中，一切黑暗阴郁的事物都应变得光明，一切危险的事物都应化险为夷，一切冲动的行为都应得到抑制，一切忧郁的事物都应变得开朗。……在我看来，生活就像是一杯过于健康的大黄果汁苏打水。但无论如何它都只像是半成品，因为不知何故，只有一半存在，即积极的那一半、被允许发生的那一半。"而另一半——心情不好的那一半、消极的那一半——被边缘化，无法融入集体，与主流格格不入，不符合经济效率和理性的日常要求。

类似于乡愁、思念或无所事事，坏脾气已成为老古板、守旧者和不可教化的顽固分子的专属，他们拒绝被舒适主义者改造。

然而，我们轻率地认为是坏情绪的东西，仔细观察后实际上是真正的宝藏。坏情绪放纵而叛逆，有时可以成为一个高度理性化社会中有力的干扰因素。它可以成为许多思维敏捷者、狂热的生活艺术家和无政府主义者的基本模式，这不是没有道理的，我们可以在艾萨克·牛顿、托马斯·伯恩哈德或赫尔穆特·施密特身上看到这一点，也可以在虚构的作品中找到它的影子，比如在埃克尔·阿尔弗雷德[1]、豪斯医生[2]或奥斯卡[3]身上。

在日常生活中，坏情绪有时会让人感觉很好，否则人们为什么要参加家庭聚会，或者周六在拥挤的步行街上挤来挤去呢？人满为患的百货商店、节假日开始和结束时无休止的交通堵塞，以及其他引起大众不满的热点新闻，这些都提供了一种潜在的烦躁氛围，在这种氛围中，事情可能很快就会失控。正因为如此，每个人都在寻找这些发泄中心。

---

[1] 德国电视剧《一心一意》的主角，他身材矮小，留着小胡子，头发向两边分开，热衷于政治活动，声音总是高亢洪亮。
[2] 美国电视剧《豪斯医生》的主角，他为人特立独行，且有些厌世和反社会倾向，医术高明的同时也严重依赖止痛药。
[3] 美国儿童教育电视节目《芝麻街》的主角之一，他有点古灵精怪，在芝麻街的居民中是脾气较坏的一个，喜欢藏入一个可以容纳几头大象的垃圾桶里孤独地生活。奥斯卡为人善良，但经常持有和他人对立的想法。

当愤怒瞬间点燃神经元的引线，当你再也无法控制自己，因为一股神秘的力量拔掉了你的插头，母亲苦口婆心教导我们的一切都会被一扫而空。在最理想的情况下，这会导致文学作品中的仇恨咆哮，像贝多芬那样向仆人扔拖鞋，或者像海米托·冯·多德勒尔那样处决茶壶[1]。总之，我们又短暂地回到了我们的故乡——尼安德特人家中，这时我们会感到片刻的愉悦。

情绪风暴过后，深深的宁静蔓延开来，你可以重新开始发明创造、写诗、作曲、安排自己的日常生活。因为"心情不好的最大好处"，如我女儿所说，"就是之后你不会再有坏心情了"，至少现在是这样。

---

[1] 多德勒尔是奥地利作家，曾五次获得诺贝尔文学奖提名，是个非常特立独行的人。因为茶壶漏出了几滴热水，他便决定处决自己的茶壶。

EIN NICKERCHEN MACHEN

打
个
盹

我最喜欢的叔叔在一家工厂里工作了很多年。厂里的机器从半夜就开始轰鸣，直到午饭时间，他会把自己带的三明治吃掉，等保温瓶里的水也喝完以后，他就会在木凳上伸个懒腰，把头枕在饭盒上，睡个午觉。机器的轰鸣声再次响起时，他的工作就继续进行，直到下班。

我非常喜欢他这种朴实无华的打盹方式。而如今，所有既有实力又有创造力的企业都设有时尚的休息区，辛勤工作的员工应该在那里高效地恢复体力，以便尽快投入下一轮的生产工作。

把头靠在坚硬的铁质饭盒上，感受片刻的舒适和自在，似乎是一种个人自由的宣言、一座自我主张的方形小岛。惬意地打个盹，意味着与日常工作和生活暂时断开联系，庆祝片刻的隐退和回归自我。你可以坚持这样做，就像我的公公婆婆一样，他们每天中午都在同一时间脱掉衣服，上床睡一个小时，然后重新开始新的生活。

这样的自我优化再简单不过了，再令人满意不过了，再合算不过了。就像"懒惰的先知"汤姆·霍奇金森说过的那样："每天小睡片刻的效果相当于服用了100万片维生素和营养补充剂。"

然而，午睡不仅仅是心灵的慰藉和无所事事的避难所。法国哲学家蒂埃里·帕奎特认为，午休是对日常生活全面经济化的一种反抗。谁不想加入这样一场只需要靠在椅背上闭目养神的对抗呢？对于帕奎特来说，午休是一个"晶莹剔透的时刻"，它唤起了一种"完全自由的感觉"，是现代人自主权的最后一道防线。如果你不相信这一点，你可以找一个漫长的午睡时段，放松一下，阅读他的文章《午间小憩的艺术》。当然，在阅读过程中偶尔打个盹，也可能完全符合作者的写作意图。

HERUMSTREUNEN STATT SCHRITTE ZÄHLEN

四处游荡,而不在意步数

我有个瑞士朋友，她5岁的儿子刚开始上幼儿园的那几天，她必须每天陪着他一起去学校，教他认识步行上学的路，以便尽快让孩子自己上学。我对瑞士学校的这个要求感到惊讶，因为在我的孩子中，即使是三年级、四年级的学生有时也要由他们的父母一路护送，直至坐在教室的座位上。

我的这位朋友向我解释说，这一措施背后的教育理念是：孩子们不仅要学习数字和文字，还要学会与同龄人一起探索周围的环境，学会平心静气地争论，并拥有自己的独处时间，这样他们才能平静地处理自己所经历的一切。

事实上，没有什么比散步更适合反复思考、回味和做白日梦的了，随意走上几步，随时伸长脖子窥探，就像马克·吐温笔下著名的哈克贝利·费恩那样精于生活、胡思乱想、辗转反侧。与他的创作者一样，哈克贝利也喜欢在密西西比河上游荡："我们钓鱼、聊天，时不时地跳进水里以驱散睡意。仰面躺在寂静的大河上，顺着水流缓缓而下，有一种庄严的感觉。"

要想体验这样一种庄严的感觉，实际上需要的东西非常简单。当然绝对不需要一个能检测心跳、脉搏和步数的智能手环——恰恰相反，越是不设目的地的行走，越是惊喜满满。睁开眼睛，开始出发吧！

也许你会在壮丽的文化和历史背景下沿着夏尔·波德莱尔、罗伯特·瓦尔泽或瓦尔特·本雅明的足迹在城市中漫步。你也可以简单地坐上9路公交车，9站后下车，换乘以后再坐9站，看看你最终会到达哪里。在漫步时，制订计划只是为了随时将其抛诸脑后。根据中国古代先哲的思想，真正的旅行者没有固定的路径，也不会执着于到达某个目的地。

而即使是最短的人行道，不也蕴含着向前走、向远处走的可能性吗？行走意味着清醒和勇敢。"无惧梦想，继续前行，有一天大胆迈出一步，梦想着成为自己期待的样子。"挪威作家托马斯·埃斯佩达尔在他的《流浪》一书中谈到了这种自由。

瑞士社会学家卢修斯·布克哈特甚至对漫步进行了科学研究，他的漫步学课程至今仍在卡塞尔大学开设。

生活艺术这门学科难道不应该从小学起就教给每个人吗？毕竟，正因为我们比以往任何时候都更善于移动，所以我们常常只能以快进的模式看待这个世界：模糊、失焦，失去了对细节的感知。与其收集成千上万的行走步数，不如关注脚下的每一步。

ES RICHTIG KRACHEN LASSEN

适当地狂欢一次

位于欧洲北部的芬兰是世界上最幸福的国家。在联合国的《全球幸福指数报告》中，芬兰已经连续多次名列榜首。芬兰人的幸福不仅与大量的桑拿浴室、无尽的森林、优秀的教育体系和高水平的社会福利有关，而且离不开"*kalsarikännit*"——维基百科对它的解释翻译过来就是"独自在家，穿着内裤，在舒适的角落窝着喝酒"。

芬兰人仅用"*kalsarikännit*"这一个词便表达出如何以最小的努力最大程度地享受生活。对某些人来说，内裤和酒精可能听起来更像是抑郁和怠慢。但是，持有这种想法难道不是一种过于悲观的世界观吗？这就与芬兰人幸福的生活方式不相符了。

与其在履行职责时总是精神饱满、红光满面，不如让自己时不时顶着黑眼圈，用迟钝的头脑来审视生活，从而能够发现值得活下去的原因。奥地利哲学家罗伯特·普法勒在他的一部著作中这样写道："如果没有爱情的癫狂让我们崇拜所爱之人桀骜不驯的品质，如果没有性欲的无耻和丑恶，如果没有我们失去理智的放纵、慷慨、挥霍、馈赠、庆祝、欢乐和陶醉，那么我们的生活将只是一连串平淡无奇的空洞需求，或者充其量是对这些需求的迟钝满足，还将只是一件可预见的、缺乏想象力的事情，而且没有任何高潮。从这个角度来说，我们的生活将更像死亡，而完全称不上生活。"

与其追逐美好和无瑕的幻象，执着于不含酒精的啤酒、不含脂肪的奶油，或者没有身体接触的性爱所表达的空洞幸福承诺，不如庆祝自己的存在，将生活视为一种值得奉献的礼物，偶尔挥霍一番可以是一件美妙的事情。当有"*kalsarikännit*"可以享受生活的时候，为什么非要等到下一个狂欢节来临呢？

BLAUMACHEN,
WEIL MAN SICH
NIEDERGESCHLAGEN
FÜHLT

因为情绪低落
而请一天假

偏头痛、流鼻涕或胃痛——通常是身体上的疾病让你短暂地从喧嚣的世界中抽身，通知你的雇主（如果你是自由职业者，那就是通知你自己），你今天不可能按合同规定履行工作义务。

另一方面，那些一觉醒来就感到生活无望的人，无论如何都会拖着疲惫的身躯去上班，或者坐到办公桌前，用模仿工作的行为暴躁地消磨掉几个小时的无效时间，从而无休止地延长自己的悲惨状态，就像得了治不好的流感一样。

"Feeling blue"是英语中对阴郁状态的表述，这种情绪在很多歌曲中都有所体现。而我们在德语中将其称为一种"灰色的感觉"（graues Gefühl），这要归功于青年作家安德里亚斯·施泰恩胡弗。他笔下的主人公里克曾经说过："抑郁症就好比，你所有的感觉都坐在轮椅上，它们失去了双臂，而且非常不幸的是，身边也没有人可以推它们一把，也许轮椅还爆了胎，这种状态让人非常疲倦。"

任何感到情绪低落的人都应该"请一天假"（einen

Tag blaumachen），这个短语的字面意思是"把一天变成蓝色"，在德语中来源于"蓝色星期一"（Blauen Montag），很早以前在染色工人中会流行这个说法。染色工人通常在星期天把布料放进染料池，让布料上色。到了星期一，工人把浸泡的布料从染料池中取出，放在空气中晾干，让染料与空气发生化学反应，安心等着（他们的布料）"变成蓝色"。

正因如此，"变成蓝色"（blaumachen）与"装病请假"（krankfeiern）如今成了德语中的同义词，这个词被用于那些请假却没有遭受严重痛苦的人，这些人明显违反了普遍适用的职业道德。但是，究竟由谁来决定什么时候以及出于何种原因需要休息呢？

作家兼精神病学家雅各布·海因在其著作《疑病症患者更长寿》（*Hypochonder leben länger*）中指出，他在医疗实践中多次发现，疑病症患者的表现通常是担心自己"得了什么病"，只有在检查后没发现有什么问题，才会相信自己没得病。海因写道，如果什么都没检查出，那患者就认为自己的身体没什么问题，他觉得这种对症状的固执想法很奇怪，毕竟，精神疾病也源自大脑，而大脑无疑是我们身体的一部分。

在这种狭隘的视角下，坏心情就很难被承认是一种疾病，只有当内心的蜡烛已经燃烧殆尽，被医生最终确诊为"职业倦怠"，并伴有可验证的症状时，坏心情才会"得逞"。

如果你能在事情发展到这一步之前请一天假，休息一下，泡个澡，散个步，听一听老唱片，或者和孩子们打一场迷你高尔夫球，乌云可能很快就会自行散去，你就能带着新的活力重返工作岗位。

PLAUDERN STATT AUF DEN PUNKT KOMMEN

随便聊一聊，而不是一上来就直奔主题

当我在公共汽车站与陌生人交谈的时候，当室外游泳池里的人朝我微笑的时候，或者徒步旅行时其他人和我不约而同地在一个美丽的地方停下来时，我的女儿们都会觉得"非常尴尬"。

害羞的青少年认为，最理想的状态是假装碰巧在同一个地方出现的其他人不存在，除非是亲密的朋友和家庭成员。据推测，与陌生人无拘束交谈的乐趣会随着年龄的增长而增加，看似琐碎的闲聊实际上需要成熟的心智和积极的态度。毕竟，一次愉快的聊天只有在你心情好的时候才会发生，而且这与在工作环境中需要进行的强调目标、集中精力的努力不同。

费利克斯·达赫塞尔在他的文章《赞美闲谈》中写道："聊天是一种温柔的交流行为。"他提醒我们，人们在战争中是无法聊天的，而是只能发号施令。即使是在昔日恋人之间激烈的"玫瑰战争"中，或者是敌对的邻居之间的小冲突中，人们也都在发布命令、互相指责，因此，这种情况下绝对没有闲谈的机会。达赫塞尔还写道："闲谈是一种不需要艺术家的艺术形式，因为聊天者什么都不想创造，也不想表现什么。"

"今天真热。""是的，真热，但总比一直下雨要好。""傍晚坐在户外也挺惬意的。""就像在地中海一样。""只是没有海……"

在闲聊这一点上，英国人可能是世界冠军，他们非常擅长优雅地交流，但没什么实质内容。他们将闲聊的艺术发展得如此精湛，以至于外国人可以学习他们专门设计出来的教科书，却永远不可能掌握这项技能。

一项调查结果显示，英国人每年仅谈论天气的时间就长达49个小时。诸如"今天天气真糟糕，不是吗？"或"今天天气真好！"之类的标准开场白，使人们更容易与排在你前面或后面的人进行愉快的交谈。多亏了气候变化，即使在我们德国这个严肃的国度，天气话题也变得更容易被人接受。

一次成功的闲聊会以一种奇妙的方式，在毫无关系的人之间建立起某种不受约束的关系。在旅馆、火车上或购物时偶然相遇的陌生人，通过聊天结识，他们的一生可能在一瞬间发生改变，正如歌德所说的那样："即使一开始毫不起眼的相识，往往也会产生重要的影响。"

幸运的是，事情很少会像帕特里西亚·海史密斯的经典惊悚片《火车怪客》中那样发展。在这部电影中，两位绅士之间的醉酒戏谑导致了一场并不完美的谋杀。一次成功的闲聊绝不应该被如此沉重的意图所拖累，而应该是像小巧可口的"开胃小菜"一样，这种小菜与结实的炖菜有所不同，它不会让你吃饱，而是刺激你的胃口，正因为有太多的东西还没开始吃，所以可以产生持久的温和效果。

GEWOHNHEITEN UND RITUALE PFLEGEN

养成习惯，
制造仪式感

加拿大钢琴家格伦·古尔德只会坐在摇摇晃晃的椅子上弹钢琴；歌星大卫·鲍伊每次录音都随身带着偶像"小理查德"的照片；丹麦裔冰岛籍艺术家奥拉维尔·埃利亚松每天早上8点半准时进入自己的工作室，先用弓箭射击半小时，然后再在一天的剩余时间里专心工作。即使这些与我们想象中热闹非凡的艺术家生活并不相符，但有创意的人在习惯和仪式方面往往表现出惊人的执着。

就像孩子们只喝蓝色大象杯里的果汁，宁愿自己渴着，也不愿换绿色大象杯，每次去托儿所都走相同的路线，无休止地重复听睡前故事，这些习惯都会给幼小的孩子带来安全感，让他们平静下来。无论是年轻的人还是年长的人，他们都会像孩子一样固执地坚持几十年前就定下的吃饭时间，或者像我妈妈一样，永远不在晚上8点钟之前上床睡觉。

鉴于就业市场需要持续的灵活性，这种严格的惯例似乎已经过时了，而且显得非常古怪。可能没有人会相信，像康德这样的伟大思想家生活极为规律，整个柯尼斯堡都能根据他每天的散步时间来校准时钟，他的思想彻底颠覆了传统哲学。

另一方面，如果过于死板地遵循习惯，就会排除各种可能性，如果习惯变成了束缚，你就已经陷入了人间喜剧之中。好莱坞经典喜剧片《尽善尽美》就是一个很好的例子。在这部影片中，杰克·尼科尔森饰演脾气古怪的纽约作家梅尔文，他每次外出就餐时会带上自己的塑料餐具，每次洗手都会用一块新肥皂，走路时尽量避免踩到人行道的接缝处。真正讽刺的是，如果餐厅的每周菜单上有米饭、土豆和意大利面，他就必须在周一和周五吃米饭，周二和周四是他的面条日，周三是土豆日，而周末则可以自由选择吃什么。

没有习惯，就不可能有创造力。毕竟，很少有艺术家在创作伟大作品的同时，还沉浸在我们所认为的波希米亚生活[1]的放荡不羁中。挪威冒险家、出版商、艺术品收藏家和作家埃尔林·卡格这样写道："我越能按部就班地做事，就越有时间和资源去做其他事情，以及去思

---

[1] 波希米亚是一个中欧古地名，是历史上一个多民族的地区，吉卜赛人的聚居地。波希米亚人热情奔放，浪迹天涯。波希米亚生活方式是指那些希望过非传统生活的艺术家、作家的一种生活方式。

考。"在前往南极、北极甚至珠穆朗玛峰的探险中,他尽可能提前做好计划,每天严格按照计划作息,以便"在旅途中找到内心的平静,保持良好的节奏"。这不仅仅在零下 50 摄氏度的环境中有所帮助,显然也提高了他日常生活的质量。

GUTE AUSREDEN ERFINDEN

找个好借口

如果有机会让我暂时换个身份看世界，我希望自己能成为一名成功的犯罪小说家，就像丹尼斯·米娜、西蒙娜·布赫霍尔茨或塔娜·法兰奇那样。原因是我喜欢她们小说中引人入胜的故事情节和讲述故事时的冷静语调。

每天，我想象着这些"犯罪女王"在破旧的酒吧里与沉默寡言的男人们厮混几个小时，喝到酩酊大醉，在这个过程中顺便厘清一些可怕的罪案。等写作时间结束以后，她们就开始了自己的"第二人生"，洗衣服、晾衣服、照看孩子、护理头发，就像我一样。

唯一不同的是，我缺少了一个自我创作的特殊状态。我不能创作出真正令人兴奋而且合情合理的故事，因为我必须立即坦白我做的任何事情，而且很可能是在这些事情还在继续的时候。要怪就怪我母亲，因为她发现没有什么比孩子撒谎更糟糕的事了，所以她总是不失时机地向我灌输这种思想。毫无疑问，所有说谎话的成年人都清楚自己在胡说八道，因为如果没有善意的谎言，人类社会就会崩溃。

找个好借口

正因为如此，人们不禁疑惑，为什么很少有人花费精力去编造一些好的借口？比起在不想见人的时候嘟囔一句"我没时间"，或用已经很传奇的头痛作为拒绝的借口，为什么不培养一下自己的"撒谎能力"，多一点想象力呢？即使是最讨厌的同事，第12次问你是否愿意一起去喝杯啤酒，你也应该给他一个新颖的拒绝借口。要想出一个好借口并不容易，所以编造借口绝对是比数独更有意义的脑力锻炼。

如果你什么好借口都想不出来，你可以试试从各个时代的世界经典文学作品中找找灵感。想一想说谎会让鼻子变长的匹诺曹、骗子费利克斯·克鲁尔[1]，当然还有《圣经·创世纪》里的亚当和夏娃。最后，亚当承认自己偷尝了禁果，但否认了自己的责任，并将责任推给夏娃，正如文学家弗里茨·布赖特豪普特在他的著作《借口的文化》（*Kultur der Ausrede*）中指出的那样，这就是一个典型的制造借口的案例，也是讲述故事的原始驱动力。

---

[1] 出自德国小说家托马斯·曼最后一部未完成的长篇小说《大骗子克鲁尔的自白》，小说以费利克斯·克鲁尔撰写回忆录的方式讲述他招摇撞骗的一生。

柏拉图在他的《理想国》中指出，诗人是说谎者。他这么说是有道理的，如果你想讲一个好故事，就必须激发你的想象力，改造和重塑这个世界，接受残酷的现实，并从中创造出一些东西。从这个意义上来说，让我们做一个日常的"诗人"和世界改造者吧！

我们是不是真的有必要告诉英格阿姨，她做的干松蛋糕有多么名副其实？我们是不是应该认真地拒绝迈耶一家人的晚餐邀请，因为迈耶先生的口臭实在太难闻了，即使是美味的五星级晚餐也无法掩盖？编一个不会伤害任何人的新借口，比直言不讳更费脑子。无论如何，试着找个好借口吧，这么做非常有趣。

NICHTS TUN – DOLCE FAR NIENTE

无所事事之美

德国人一直向往南欧的生活方式：预约制度更加宽松[1]；白天躺在床上；任凭孩子们晚上熬夜不睡觉；午餐时喝上一杯红酒；在美好的地方与朋友闲坐，除了享受生活，什么都不做。

在这个意义上，如果我们"什么都不做"，我们的"静息状态网络"就会开启，负责整理思维和记忆，或者存储我们所学的知识，研究人员将其称为默认模式网络。德国埃森人文科学高级研究院的神经科学研究员路易丝·罗斯卡-哈迪研究了默认模式网络在哲学和自然科学之间的有益影响。她得出的结论是，如果你能在不同状态和任务之间休息一下，让思绪游离，也就是所谓的"什么都不做"，那么创意性的挑战解决方案就更容易找到了。

在好莱坞电影《美食、祈祷和恋爱》中，美国女演员朱莉娅·罗伯茨扮演的伊丽莎白去罗马旅行，寻找生活的意义。在一家美发沙龙里，一位自称卢卡·斯帕盖蒂[2]

---

[1] 在德国，有预约就必须守时。
[2] 斯帕盖蒂（Spaghetti）的意思是意大利面。在意大利，这是一个非常有趣、非常酷炫的姓氏。

的意大利人认真地向她解释，美国人根本不懂得如何享受生活："一个意大利人在这方面不需要任何指导。当他走过一块广告牌，上面写着'你今天应该休息一下'，他对此的回答会是：是的，对，我知道，所以我打算中午就休息一下，回家和妻子一起睡觉。""在意大利语里我们称之为'dolce far niente'，"另一位美发师也加入了他们的谈话，"意思是'甜蜜的闲暇'，我们天生就是这方面的大师。"

我们就喜欢这样的意大利人，他们懂得享受日常生活中的小乐趣，与家人或朋友一起大快朵颐，品尝美食，尽情讨论上帝和这个世界，而不是斤斤计较卡路里，同时他们还非常注重自己的外表，时刻保持穿着优雅。但美食不仅仅是美食。最重要的是，无论你的体重如何，都要保持好身材——"展示好形象"也适用于意大利面、冰激凌、卡布奇诺以及可爱多甜筒。

当然，这和对意大利本身的向往一样，都是一种陈词滥调。这种向往不仅激发了从歌德到杜尔斯·格林拜恩等德国诗人的创作灵感，也展示了我们梦想成为什么样的人，即使这只是一种投射。将这些梦想变为现实，或者让这些梦想中的一部分变成现实,也许并不是成功人生的最坏指南。与其对自己不满意,不如更加努力地工作,更高效地睡眠,照顾好你与伴侣的亲密关系,整理好你的衣柜,吃得更健康,最重要的是享受生活。这样,你就不会像法国女作家科莱特那样最终遗憾地感叹道:"我的生活是多么美好啊!如果我能早点意识到这一点就好了。"

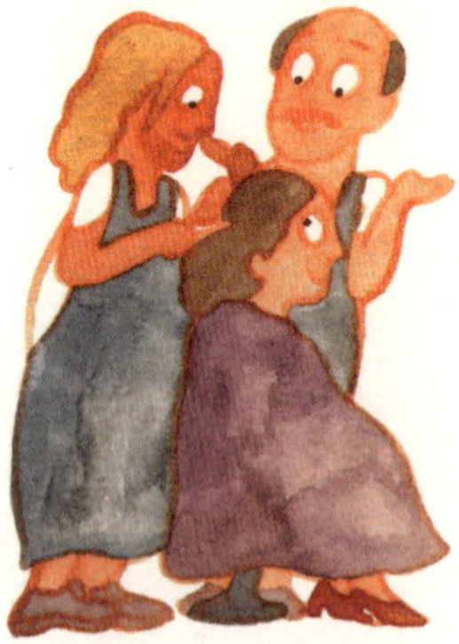